JN092921

墨のゆらめき

三浦しをん

新潮社

墨《すみ》のゆらめき

一

京王線下高井戸《しもたかいど》駅に降り立つのははじめてだった。

俺は電車内で読んでいた文庫を鞄にしまい、かわりにスマホを取りだした。社用のパソコンで遠田薫《とおだかおる》氏とやりとりしたメールは、スマホのほうにも共有されている。昨日、最後に受信した遠田氏からのメールの文面は極めて素っ気なく、「玉電《たまでん》の線路を右手に、線路沿いの道を三軒茶屋《さんげんぢゃや》方向へ五分ほど進む。それまでのあいだで一番ボロいと思われる家が見えたら、そこがたぶんうちです。」とだけ書いてあった。

漠然としている。

しかし俺もホテルマンの端《はし》くれ。万全の下準備をして、気むずかしいお客さまにもなるべくご満足いただけるよう努めるのが習性だ。遠田氏は客ではないがそれでも、「玉電」とは東急世田谷線の通称だと、ちゃんと調べはすんでいる。

スマホを夏物の背広の尻ポケットに収め、鞄と手土産の紙袋を手に、京王線のホームからあたりを見まわした。柵を隔てて簡素なホームがすぐ隣にあり、二両編成の電車が停まっていた。バスのように小さく愛らしい。これが世田谷線だろう。インターネットの情報によると、道路とははっきり分離した形で線路が通っているが、もともとは路面電車の支線だったとのことだから、こぢんまりした車体なのもうなずける。

ホーム同士は隣りあっているのに、柵に切れ間はない。どうやら一度京王線の改札を通らなければ、玉電がわへは行けないつくりらしい。近くにあるようでいて遠い。京王線と東急線のあいだにはやはり微妙なライバル心が働いているのだろうか。

とりあえず京王線のホームの階段を上り、橋上《きょうじょう》駅舎に設置された改札を出た。地上へ下りる階段は方角的に、駅前の商店街に向かっているように見受けられる。そうではなく玉電の線路脇の道のほうへ行きたいのだが、あの階段で正解なのかと改札まえでまごついていたら、食材の詰まったエコバッグを提げた老婦人が、「なにかお困りですか」と親切にも声をかけてくれた。

俺は町でよくひとに話しかけられる。子どものころからだ。帰宅しようとただ通学路を歩いていただけなのに、「坊や、迷子か」と見知らぬおじさんに言われた。大人になっても、老若男女国籍を問わず道を聞かれるのはしょっちゅうだし、待ちあわせをしていたら宗教に勧誘された。渋谷ハチ公まえで、あたりにはごまんとひとが立っていたというのに、なぜか俺だけ。ちなみに学生時代はチンピラに因縁をつけられカツアゲされかけることもしばしばだったし、いまも散歩中の犬に出くわせば吠えかかられる。

つまり俺は、よく言えば柔和そう、悪く言えばあらゆる生命体からナメられがちなんだろう。でも、「話しかけやすい」という体質は仕事のうえでは得になる。近寄るのも憚《はばか》られるほどの強面《こわもて》では、お客さまのために尽くすホテルマンとしては失格だ。おかげさまで三日月《みかづき》ホテルに勤務して十五年、お客さまに問われて五万回ぐらいトイレや喫煙所の場所をお答えしてきた。あるとき気になって同僚に尋ねてみたら、「え、まじで。そこまでしょっちゅうは聞かれないよ。だってトイレも喫煙所も案内表示あるだろ」とのことだった。話しかけやすい顔面と雰囲気を保持していたがゆえに、お客さまのお役に立てて本望だ。

今回も俺は無意識のうちに体質というか特技というかをいかんなく発揮していたようで、老婦人は玉電のホームへ下りる階段の在処《ありか》を教えてくれた。ホームを通り抜けて線路脇の道へ出られるのだそうだ。チンピラや犬に絡まれるだけでなく、親切なひとにも出会えるから、やはりナメられやすい、もとい、話しかけやすい雰囲気を醸《かも》しだすのも悪いことばかりではない。

「玉電の改札をくぐらずに、ホームを通れるんですか」

「そうよ。ホームとは名ばかりで、コンクリートで固めた通路みたいなものだから」

老婦人は下高井戸の商店街および京王線の駅舎内に入っている店で買い物をし、玉電に乗って帰宅するところだという。老婦人のエコバッグを持ってあげて、玉電への連絡階段を一緒に下りた。真夏の午後にもかかわらず階段は少々薄暗く、一段ずつ慎重に足を運ぶ老婦人の歩調に合わせるうち、なんだか地下の秘密基地にでも向かっているような心持ちになった。

「京王の駅舎が跨線橋《こせんきょう》のうえに移動するまえは」

と老婦人は言った。「階段を上り下りする必要なんかなかった。いまも名残があるけど、商店街のほうから両方のホームへ適当に出入りできたのよ」

適当ということはあるまいと思ったが、ふんふんと傾聴する。

「世の中、便利になったんだかなんだか、わからないわねえ」

「いつごろ駅舎が改築されたんですか」

「さあ……。ずいぶんまえのような気も、最近だった気もします。忘れちゃった」

ホームが近くて遠いうえに時間もねじれている。蒸し暑さもあいまって若干のめまいを覚えた。エコバッグの持ち手はよれて細くなっており、掌がわの指のつけ根に食いこむ。こんな荷物を老婦人は家まで運べるんだろうかと心配になったところで、やっと玉電のホームにたどりついた。

頭上を京王線の駅舎に覆われているせいで、ホームも穴蔵みたいに薄暗かった。老婦人と俺は礼を述べあって別れる。老婦人はあいかわらずゆっくりした足取りではあるが、俺から受け取ったエコバッグを難なく運搬し、これまたバスの整理券発券機のような小さな改札を通って玉電に乗りこんだ。座席に腰かけた老婦人が車窓から手を振る。俺も振り返す。電車はすぐに発車し、ふぃーん、ごとごと、と音を立ててホームから出ていった。子どものころ持っていた、電池で動く電車のおもちゃを思い出す。がんばって走っている感があって、愛らしいおもちゃだった。

走り去った玉電のあとを追うように、俺もホームから線路脇の道へ出た。とたんに日差しが脳天に照りつけ、額から汗が噴きだす。「暑いな」と思わずつぶやくと、さきほどまで耳に入らなかった蟬《せみ》の声まで押し寄せてくるから不思議なものだ。鞄を持ちなおしたついでに腕時計をたしかめ、とにかく五分歩けばいいのだからと自分を励ます。

ところが歩きだして三分で問題が発生した。線路脇の道が消失してしまったのだ。線路に面してぎりぎりまで家が建ち並ぶようになり、道は線路からゆるやかに離れる形で住宅街のなかへとのびていた。

すっかりなまぬるくなったスマホを尻ポケットから出し、メールの文面を眺める。来た道を振り返ってみるが、マンションや煙草屋が整然と軒を連ねるばかりで、特筆するほど「ボロい」建物は見当たらない。やはり遠田氏の家はまださきらしい。しかし「さき」とはどこなんだ。とりあえず道なりに線路から離れると、十歩も行かないうちに急激に道幅が狭くなったうえに、五叉《ごさ》路《ろ》が現れた。しかもそのうちの一本は暗渠《あんきょ》を道がわりにしているらしく、微妙にうねり、すぐ両側に家々のブロック塀が迫っていて、ひと一人がやっと通れるかどうかという細さだ。

なにが「線路沿い」だ。こんな事態があっていいのか。五叉路のなかのどれが正解だ。

「とおだかおるぅぅぅ〜！」

独り言にしてはかなりの声量になったものの、むろん返事はない。俺の声に驚いたのか、すぐ横の家の窓辺で小型犬が吠えだしただけだった。もしかしたら親切にも正しい道を教えてくれているのかもしれないが、犬の言葉はさすがにわからない。だれかに「遠田書道教室」の場所を尋ねようにも、住宅街を歩くひとの姿もない。みんな暑さで茹であがったんだろう。これでは俺の体質というか特技というかも発揮しようがない。

なぜ遠田氏は、いや、すでに呼び捨てにしてしまったところだし、もう遠田でいい。なぜ遠田は、書道教室を営んでいるにもかかわらず、いまどきホームページを作成していないばかりか、住所も電話番号もメールに記してこないのだ。書家とはすなわち芸術家だから、多少浮世離れして常識に欠けるのもいたしかたないことなのだろうと、これまで自分を納得させてきたが、「線路沿いの道を五分」とあったら、ふつうは一本道を思い浮かべるものではないか。話がまるでちがう。

いったい遠田とはどんな人物なんだ、と憤懣《ふんまん》やるかたない思いがすれど、そもそも俺は遠田の年齢も性別も知らない。ではどうして未知の人物の家を訪ねることになったかといえば、以下の次第だ。

俺の職場、三日月ホテルは西新宿にある。まわりは超高層ビルばかりだが、三日月ホテルは六階建てで客室数も二十四室と非常にこぢんまりとしたものだ。新宿駅から遠いし、一九六〇年代に竣工した建物は外観も内装も重厚感はあれど率直に言って老朽化しており、近年増加した外資系ホテルのきらめきと洒脱《しゃだつ》さには到底かなわない。

それでも、三日月ホテルの経営はそこそこ安定している。古いがゆえに客室のつくりがゆったりしていて、一番狭い部屋でも五十平米はあるためだろう。もちろん全室、窓から新宿中央公園の緑と、公園越しにビル群の夜景を満喫できるように設計されている。水まわりのリフォームも怠《おこた》りなく、バスタブはクラシカルな猫足仕様だ。

我々従業員一同としても、施設面に頼りきることなく、お客さまのあらゆるご要望にお応えすべく誠心誠意尽くしているつもりだ。その甲斐あって、ラグジュアリーホテルよりずっと価格が安いのに、サービスは行き届いていると好評である。三日月ホテルの「昭和感」がかえって目新しく映るのか、最近はご年配の常連さんだけでなく若いかたにもご利用いただけるようになってきた。

さらに、一階のレストラン「クレセント」と六階の宴会場「三日月」では、フランス帰りの料理長率いるコック陣が腕を振るう。この料理がおいしいと評判で、「クレセント」はランチもディナーもにぎわっているし、「三日月」は結婚式の披露宴や企業のパーティーに活用されている。三日月ホテルの小さな庭には、新宿中央公園の木々を借景になんちゃってチャペルがあるので、結婚式にも対応できるのだ。

で、問題は宴会場だ。大きなホテルには専任の宴会場担当者がいて、企業に営業をかける。しかし三日月ホテルぐらいの規模だと専任とはいかず、一応俺も宴会場担当ではあるのだが、フロント業務も、チェックインしたお客さまのお荷物をお部屋まで運ぶことも、宿直もこなしと、とにかくなんでもやらなければならず目のまわる忙しさだ。営業まではとても手がまわらないから、「あそこの宴会場でのパーティーはよかったよ」というお客さまの口コミが頼りになってくる。

結婚式や披露宴の打ちあわせは、さすがに外部のウェディングプランナーと業務提携しているが、着付けやヘアメイクの手配確認、お出しする料理のご希望など、ホテル内で遺漏《いろう》なく情報共有して備えておかなければならないことは多く、責任は大きい。

準備のひとつに、宴会場で行われる披露宴やパーティーの招待状作成がある。これも大きなホテルだと、専属の筆耕係《ひっこうがかり》が常駐していて、美麗な筆文字で招待状の封筒に宛名書きをする。パソコンにいろんなフォントが入っていて、宛名も手軽にプリントできる時代だが、やはり大切な催し物の招待状に関しては、筆で手書きされたもののほうがいいというお客さまが多いのだ。効率や代金を考えれば不思議なことだが、気持ちはわからなくもない。肉筆のほうが、こめた思いが伝わりやすいように感じられるのは事実だ。

　三日月ホテルには宴会場がひとつしかないため、専属の筆耕係を雇うほどの需要は生じない。そこで、町の書道教室の先生や、本業はべつにあるが書道の段を持っているひとを、筆耕士として登録している。具体的には、登録を希望する書家たちから、宛名などを筆で書いたサンプルがホテルに送られてくる。こちらはそれをファイリングしておき、お客さまにはそのファイルをご覧いただいて、「この筆跡のひとがいい」と選んでもらうのだ。それを受けてホテルがわは、指名された筆耕士に連絡を取り、招待状の宛名リストと封筒を発送する。筆耕士は封筒に宛名を書き、期日までにホテルに送り返すといった段取りだ。

　宴会場「三日月」は立食形式でも最大二百名の規模なので、いくら宛名を書いてもそれほどの金額にはならない。だが、登録された筆耕士は、文字を書くことに真剣に向きあっているひとばかりだ。たとえ小口の依頼であっても、一文字一文字、心をこめて宛名をしたためてくれる。

　昨今は個人情報の取り扱いが厳しいから、宛名書きを任せる筆耕士の身元は登録時にきちんと確認する。逆に、筆耕士の連絡先をお客さまにお伝えすることもない。すべてホテルがあいだに立ってやりとりする。そのため、ファイルのサンプルには番号が振られているのみで、筆耕士に依頼するときには登録者名簿を参照する必要があった。まあ、依頼といっても大仰なものではなく、相手は長年のつきあいがある書家ばかりなので、メールや電話で連絡し、封筒を送りさえすれば、あとはたいていスムーズにことが進む。

　ところが遠田薫のケースは勝手がちがった。

来たる十一月に、宴会場「三日月」で水無瀬源市《みなせげんいち》氏の「お別れの会」が開催される予定だ。水無瀬氏の生家は奥多摩《おくたま》で代々豆腐屋を営んでおり、家業を継いだ水無瀬氏も裏山から湧く清らかな水を使って、良質な豆腐を作っていた。しかし三十歳になろうかというある早朝、「そうだ！」と思いついたらしい。「そうだ、この湧き水を使い、お肌に優しい化粧品を作ったらどうだろう」と。

天啓《てんけい》であった。水無瀬氏は豆腐づくりのかたわら刻苦勉励《こっくべんれい》して化学の知識を身につけ、独自開発した化粧水を奥さまに使ってみてもらった。奥さまはもともと美肌の持ち主だったが、化粧水によって肌はますます絹ごし豆腐のようになった。化粧水は近所で評判を呼び、気をよくした水無瀬氏はプロの開発者を引き抜いて化粧品会社を立ちあげた。乳液やらファンデーションやら、ラインナップはどんどん増え、いまや水無瀬氏の会社の化粧品は大手の百貨店や海外でも販売され、知らないひとのほうが少数派だろう。つまり水無瀬氏は、立志伝中の人物だ。

しかし水無瀬氏本人は豆腐のごとく恬淡《てんたん》とした人物で、会社が大きくなっても贅沢はせず、化粧品の開発や販売は有能な部下たちに任せて、まだ暗いうちに起きだしては豆腐を作る毎日を送った。楽しみといえば年に一度、「化粧品を作ろう」と思い立った記念の日に、奥さまやお嬢さま一家と三日月ホテルに宿泊し、レストラン「クレセント」でディナーを摂ることぐらいだった。

そんな水無瀬氏も、この春に八十八歳で天寿をまっとうされた。悲しみに暮れていた奥さまやお嬢さまたちもやっと気持ちが落ち着いてきて、水無瀬氏のお気に入りだった三日月ホテルで「お別れの会」を開こうと思いつかれたのだ。もちろん我々従業員一同も、常に穏やかで優しかった水無瀬氏のためなら、何肌でも脱ぐつもりだ。気合いを入れて、十一月の「お別れの会」に向けての準備を進めている。特に親しかった取引先のひとたちへのお礼の会にしたいとのことで、年齢を重ねても絹ごし豆腐のごとき美肌を維持した奥さまが中心となって、料理や飾る花を念入りに検討しておられる。ちなみに自社の従業員や近所のひとたちに対しては、水無瀬氏の遺言に基づき、地元のホテルで先日「お別れの会」を行って、盛大に飲み食いしてもらったとのことだ。商売上のつきあいなどはあとまわしにし、まずは身近な人々への感謝を伝えようとするあたり、水無瀬氏の人柄をうかがわせるなと俺は感銘を受けた。華美なことを好まなかったのに、自分以外のひとにには大盤振る舞いをするのもまた、水無瀬氏らしい。

さて、とにもかくにも招待状を作成し発送せねばならないので、水無瀬氏の奥さまとお嬢さまに三日月ホテルへお運びいただき、どんな文面にするか、招待状や封筒の紙はどれにするかなどを打ちあわせた。宛名はやはり肉筆がいいとのことだったので、ファイルをご覧に入れた。

奥さまとお嬢さまはファイルを順にめくっていき、一番最後のポケットに入っていたサンプルの字を見るやいなや、

「この二十六番のかたがいいわ！」

「お母さん、あたしもいまそう思った！」

と興奮した口調でおっしゃった。

「とっても端整で、うちの裏山の湧き水みたいに澄んだ感じがするじゃない」

「でも、ちょっとした遊び心も感じられて、お父さんにぴったり」

お二人が差しだしたファイルをどれどれと覗きこんだ俺も、なるほどと賛同した。

宛名用のサンプルは、「招待状というかしこまった局面にふさわしい、丁寧で格調の高い文字」を心がけるからか、どうしても無個性になりがちなのだが、お二人が選んだものは風合いがやや異なった。俺は書に精通しているわけではないのでうまく言えないのだが、極めてかっちりした筆運びのなかに、「真面目ぶってかっちりさせてみちゃいました。まあ楽しくいきましょうや」といった、余裕というか茶目っ気が感じられるのだ。

亡き水無瀬氏は、てんで畑ちがいの事業にいきなり取り組んで成功を収め、しかし本来の家業である豆腐づくりもコツコツとつづけた。つまり、冒険心に富んでいるのか堅実なのかよくわからない、突拍子もない人物だ。そんな水無瀬氏の人生を象徴するような、規律と自由が混在した文字だと思った。

なにはともあれ、奥さまとお嬢さまのお気に召す字があってよかった。

「では、このかたに連絡を取り、宛名書きを発注しておきます」

と請けあった。

だが、打ちあわせを終えてバックヤードに引っこんだ俺は、頭を抱えることになった。事務室の棚に収められた登録者名簿には、「二十六番　遠田薫さん　遠田書道教室」とあり、連絡先にはメールアドレスしか記されていなかったのだ。ほかの登録者はきちんと住所や電話番号も記載されているというのに、いったいどこの遠田薫さんだ。これじゃ封筒を送れないじゃないか。

遠田の登録時期は一カ月まえ、六月となっていた。登録作業を行ったのは三日月ホテルのベテラン、原岡《はらおか》さんだ。しかし折悪《おりあ》しく、彼は七月の頭に惜しまれつつ退職したところだった。定年後も嘱託として勤務していたのだが、さすがにホテルマンとしての業務をこなすのはつらくなってきたと、七十歳になったのを機に引退を決めたのだ。

悠々自適の隠居生活を邪魔するのは申し訳ないが、背に腹は替えられない。俺は即座にスマホから原岡さんの自宅へ電話をかけた。スマホに連絡先を登録していたのは、俺たちが競馬友だちでもあったからだ。めずらしく週末に互いの休みが重なると、誘いあってうきうきと競馬場へ繰りだしたものだ。

呼びだし音が八回ほどつづいたのち、

「はい、原岡です」

と折り目正しく電話に出た原岡さんは、相手が俺だとわかると、

「なんでぃ、ツーちゃんか。馬かい?」

とべらんめえ口調になった。

「いえ、そっちは最近ツキがさっぱりなんで、慎《つつし》んでます」

「だったらよかった。俺ぁいま、ぎっくり腰でよぅ。電話まで這ってくのも一苦労で、誘ってもらっても競馬場までとてもたどりつけそうもねえ状態なんだ」

「大変じゃないですか。お大事になさってください」

「おう。で、馬じゃねえなら、なんだい」

「筆耕士として登録されてる遠田薫さんなんですが、メールアドレス以外に記載がなくてです

ね」

「遠田さん？　ああ、遠田書道教室の」

原岡さんはすぐに記憶をたぐり寄せてくれた。「そのひとはね、遠田康春《やすはる》さんのお子さんだってぇから、筆耕士に登録したんだ。だから住所やなんかは、名簿の遠田康春さんの欄を参照すりゃいい」

「遠田康春さん……」

俺は空いた手で名簿をめくった。

「ツーちゃんは、康春さんとは仕事したことなかったかな。遠田書道教室を主宰してて、三日月ホテルの筆耕士としても四十年ぐらい登録してくだすってたんだが、この春に連絡があって、『もう歳だから、教室は跡継ぎに任せることにしました。ついては、筆耕士のお役目も今後は遠慮させてください。長らくお世話になりました』ってことでね」

「そうでしたか。しかし原岡さん。名簿に遠田康春さんのお名前はないようです」

一拍置いてスマホから、

「あちゃー」

という原岡さんの嘆きが聞こえてきた。「悪《わり》ぃ悪ぃ、ツーちゃん！　そういえば俺、退職に備えて筆耕士のファイルと登録者名簿を作りなおしたんだった。情報を更新しといたほうが、あとに残るもんの使い勝手がいいだろうと思ってさ。そのあと、遠田薫さんからメールアドレスが書かれた手紙とサンプルが郵送されてきたんだが、『康春さんが言ってた、教室を継いだお子さんだな』って、なんのチェックもせず登録しちまった。うっかりしてたなあ」

つまり原岡さんは、新名簿には遠田康春さんが載っていないにもかかわらず、「遠田書道教室のことなら、康春さんの欄を見りゃわかるから」と、遠田薫の情報が極めて希薄なまま、筆耕士に登録してしまったということだ。

「遠田薫さんがサンプルを送ってきたときの封筒は、当然処分してしまいましたよね」

「うん、裏面に住所が書かれてたから、ご丁寧にシュレッダーまでかけて捨てた。その住所を取っとけよっちゅう話で、ほんとすまん！」

「いえ、個人情報の取り扱いには慎重を期さねばなりませんから」

頭痛がしてきたので、俺は指さきで眉間を揉みほぐした。「じゃあせめて、遠田書道教室のだいたいの場所は……」

「それが、行ったことねえんだよなあ。康春さんとは長いつきあいだが、いつも電話でやりとりして、宛名を書いてもらう封筒を送るだけだったから。たしか世田谷区の松原《まつばら》だった気がすっけど、細かい番地までは思い出せん」

「事情はわかりました。大丈夫です、まずはメールで遠田薫さんに連絡してみますので」

というわけで、俺はさっそく事務用机に置かれたパソコンに向かい、ご指名があったので宛名書きをお願いしたいこと、遠田康春さんにもこれまで大変お世話になったので、よろしくお伝えくださいといったことを丁重にしたためたメールを遠田に送った。

その日の夕方には遠田から返信があり、そこには簡潔に、依頼を引き受けること、康春氏が亡くなったため、遺志を継いで遠田が筆耕士に登録したことが記されていた。

俺はパソコンのまえで「なんと……」とつぶやき、再度原岡さんに電話した。呼びだし音が十二回つづいたことからうかがえるように、原岡さんのぎっくり腰は午後の数時間のあいだに悪化していた。

「便所でズボン下げた拍子に、またギクッと来てよぅ」

と、原岡さんはあえぎあえぎ訴えた。「かみさんが小用でも座ってしろってうるせえからいけねえ。それで、どうだった。遠田薫さんとは連絡取れたかい」

「はい、宛名書きは引き受けてもらえました。ただ、遠田康春さんは五月にお亡くなりになったそうです」

原岡さんも驚いたようで、

「なんと……」

とつぶやいた。

「そしてお伝えしそびれていたのですが、今回の宛名書きは、故・水無瀬源市さまの『お別れの会』の招待状なんです」

「なんとなんと……」

三日月ホテルが担《にな》う責任の大きさに、すぐには言葉にならぬ様子だ。ため息をついた原岡さんは、

「ツーちゃん、悪いんだが遠田さんのお宅にうかがって、康春さんに線香の一本でもあげてきて

くれねえか」

と言った。「俺が行きてえけど、なにしろ腰がな」

「もちろんです」

「そのついでに、遠田薫さんの書の実力と、どんな人物かを見極めてほしい。康春さんが跡を継がせたお子さんならまちがいねえとは思うが、なにしろ水無瀬さまの大事な会だ。万が一にもぼんくらだったら困る」

さすが原岡さん。ぎっくり腰の痛みにうめいていても、ホテルマンとして培《つちか》った気配りは万全だ。俺は感服した。たしかに、三日月ホテルにとって大切なお客さまだった水無瀬氏の「お別れの会」において、いかなる不手際も許されない。宛名リストの情報が流出などということになっては一大事だから、はじめて依頼する遠田薫の人品骨柄《じんぴんこつがら》を見定める必要がある。また、長年お世話になった遠田康春さんに、ホテルがわが礼を尽くすのも当然のことだ。

「ぬかりなく取りはからうようにしますから、ご安心ください。腰がよくなったら、また競馬に行きましょう」

と言って電話を切った俺は、原岡さんの密命を帯びて、遠田と何回かメールのやりとりをした。遠田からのメールは毎度簡潔を超えて素っ気なかったが、遠田書道教室に挨拶に行くことはなんとか了承してもらえた。しかし住所を知りたくて、「教室の場所はたしか松原でしたよね」とさりげなく水を向けてみるも、返ってきたのは「線路沿いの道を五分」だったのである。

こういう経緯があって、梅雨も明けて真夏の日差しが照りつける七月下旬の本日、俺は下高井戸駅付近の住宅街をさまようはめになった。

冷静に考えてみれば、遠田は三日月ホテルに連絡先が登録されているものと思っているはずで、住所や電話番号をメールで伝えてこなかったことにべつに落ち度はない。しかし俺としては、康春さんが亡くなったと知ったばかりということもあり、「用ずみになったらさっさと情報を削除するのか」と誤解されそうで、遠田書道教室の住所をずばりと聞くのがためらわれたのだ。だからこそ遠まわしに攻めてみたというのに、「線路沿いの道を五分」。こちらの意図をもう少し察してくれてもいいのではないか。

五叉路を一本ずつ行きつ戻りつすること十五分。正解は意外にも、暗渠の道らしいと判明した。たしかに、方角的に線路と並行してのびているし、距離も線路から一番近い。だが、これは「道」に勘定されるようなものなのだろうか。ドブに蓋をしたとしか思えぬ程度の幅しかなく、実際に歩いてみると両脇に迫るブロック塀にワイシャツの肩がこすれそうだった。そのころには俺は汗だくになり、背広の上着を脱いでいた。鞄と一緒に持っていた手土産の紙袋も、湿ったことで繊維がほぐれたのか持ち手が毛羽立ってきた。

とにかく、五叉路のうちの四本が不発だったため、俺は半信半疑ながら最後に残った暗渠の道もどきを果敢に進んだ。すると突然視界がひらけ、といっても住宅街のなかの一方通行の道に通じていただけなのだが、まあ常識的な道幅になって、ひとつめの角に遠田書道教室があった。

遠田康春さんの筆か、門柱に「遠田書道教室」と木製の小さな表札が掲げられている。風雨にさらされ、表札はやや黒ずんでいたが、きりりと実直な文字はそれにも増して鮮やかに黒い。さすがは原岡さんが一目置いたほどの書の書き手、俺も仕事をご一緒したかったものだ、と表札をよく見てみたら、縦に二枚つなげたカマボコ板だった。……虚飾を排した書風と同様、生活にも清貧の思想を貫いておられたということだろう。たぶん。

気を取りなおし、ようやく探し当てた遠田書道教室を門の外から感慨深く眺める。

遠田のメールに「ボロい」と書いてあったとおり、周囲の家々と比べ、抜きんでて築年数が経っているようだ。だが、「ボロい」のではなく「趣《おもむき》がある」と俺には感じられた。

玄関の脇だけ増築したらしく平屋が張りだしているが、あとは木造の二階屋だ。玄関は庇《ひさし》の具合といい引き戸といい、いかにも日本家屋といったつくりだが、増築部分は三角のとんがり屋根で、繊細な格子《こうし》のはまった出窓があり、古い洋館風だった。和洋折衷というのだろうか、調和が取れていて静かな住宅街になじんでいる。

汗でぬめった妖怪のような姿でひとさまのお宅を訪問するのもいかがかと思われ、俺は背広の上着を羽織り、ポケットから出したハンカチで額を拭きながら呼吸を整えた。不測の事態にも対応できるよう余裕を持った行動を心がけているので、約束の時間まではまだ三分ある。ぷらっと角を曲がって側面にまわると、家屋は正面から見た印象よりも大きく、奥行きのほうが長い建物なのだとわかった。

増築部分のとんがり屋根の背後に、二階建ての木造家屋がくっついているような形だ。瓦屋根で、広々とした庭に面して窓が並んでいた。さざんかの生垣越しにちらっと覗くと、夏草はきれいにむしられ、一階の掃きだし窓の外に朝顔の鉢がいくつか置いてあった。庭の一角には物干し台も設置され、長袖Tシャツやらジーンズやらが気だるそうに午後の微風に揺られている。かたわらに立つ大きな桜の木が、洗濯物に黒く濃い模様を投げかける。二階は腰高窓のようで、ベランダというほどでもない、木製の手すりつきのスペースが張りだしており、そこにも鉢植えが並んでいた。もこもこした緑の葉が見えるが、なんの植物なのかは判別できなかった。軒下に何枚かの手ぬぐいが吊《つる》されている。

敷地の端っこにある一台ぶんの駐車場には、白い軽トラックが停まっていた。さざんかの生垣は駐車場の側面と奥をふさぐ形でつづいていたが、わざわざ門から出て、角を曲がって車に乗りこむのが面倒だからだろう。奥の生垣の一部が破れて、庭から直接駐車場に出入りできるようになっていた。不用心だ。

遠田康春さん亡きあと、この家に何名が暮らしているのか知らないが、家屋と庭の様子から極めてまっとうな生活を営んでいることは察せられた。

俺は家屋の正面に戻り、ハンカチをポケットに戻すついでにネクタイがゆるんでいないか確認してから、門を開けて玄関横のブザーを押した。反応がない。もう一度ブザーを押すべきかと指をのばしかけたところで、引き戸に人影が映り、いかにも建て付けが悪そうに中程まで開いた。

紺色《こんいろ》の作務衣《さむえ》を着た男が、健康サンダルをつっかけてたたきに立っていた。歳は俺と同じぐらい、三十代半ばと見受けられた。背が高く筋肉質なことに加え、「役者のようにいい男」という形容はこういうときに使うのだなと思うほど華のある整った顔立ちをしている。こっちは汗ぬめり妖怪だというのにと、天を恨《うら》みたくなってきた。

しかしまあ、書家というのはもっと枯淡《こたん》の風情を宿しているものだろう。眼前の男は脂《あぶら》が抜けきっていない。率直に言えば女にモテまくり骨付き肉をむしゃむしゃ食ってる雰囲気を醸しだしていて、どうも俺が思い描く書家のイメージとかけ離れている。してみると、この男は遠田薫の配偶者かなにかで、作務衣を着ているのは書道教室を営む遠田家のしきたりでもあろうかと推測された。

俺が挨拶すると、

「本日はお時間を割いていただき、ありがとうございます。三日月ホテルの続力《つづきちから》です」

「ああ、もうそんな時間か」

と男は言い、引き戸を大きく開けた。「ちょっと教室が長引いてるんだ。入って待っててくれるか」

「はい。お邪魔します」

俺は男にうながされるまま、がたぴしする引き戸を手こずりながら閉め、靴を脱いで板張りの廊下に上がった。廊下の左手に階段があり、その奥にトイレや台所などの水まわりが並ぶつくりのようだ。

男は奥へは向かわず、玄関を入ってすぐの、廊下の右手にある襖《ふすま》を開けた。エアコンの冷気が流れでる。そのころには、俺は男が作務衣の下に白い長袖Tシャツを着ていることに気づいていた。さっき見た物干し台の様子からしても、夏でも常用しているらしい。暑くないのかと不思議だったが、商売道具の手首や肩を、万が一にもエアコンで冷やさないための配慮だろうと得心がいった。

襖の向こうは、位置からして増築部分に当たる部屋だ。外観は洋館風だったのに、なかは完全に和風の六畳間で、しかし天井板は張られておらず、出窓がある。ちぐはぐになりそうなものだが、むきだしになった立派な梁《はり》はいぶされたように黒く、空間を引き締めていて、やはり不思議と調和が取れている。

隣は八畳間で、境の襖は開放されていた。二間つづきで書道教室として使用しているようで、長机が全部で八台並べられ、小学生らしい子どもたちが六人、正座して半紙に向かっている。どちらの部屋の掃きだし窓も庭に面しているため、室内はとても明るい。窓ガラス越しに押し寄せる夏の熱気をはねのけようと、旧式のエアコンは必死のフル稼働だ。

八畳には床《とこ》の間《ま》があり、そのまえに文机《ふづくえ》が据えられていた。生徒たちと向きあう配置なので、先生の席ということだろう。だが、そこにはだれも座っていなかった。

ということは、もしや……。

「遠田薫さん？」

床の間のほうへと長机のあいだを進む男の背に、俺は遠慮がちに呼びかけた。

「あん？」

とちょっと振り返った男は、生徒が筆を走らせている半紙が目の端に映ったようで、

「うおーい、へのへのもへじ書いてるんじゃねえ」

と三年生ぐらいの男の子の頭をぐしゃぐしゃ撫でた。

「バレた」

と男の子は笑う。「若先《わかせん》、戻ってくんの早いよ」

わかせんというのは、若先生の略だろう。この男が遠田薫だったか。女にモテそうなうえに書の腕前も達者なのか。しかも生徒にも慕われている様子だ。容姿や才能の配分に不公平が生じているのではないか、と内心で天への恨み言をつぶやいていたら、

「ねえねえ、そのひとだあれ?」

と教室後方から女の子の声がした。これまた小学校中学年ぐらい、もう一人の同じ年ごろの女の子と並ぶ形で、庭がわの長机を一緒に使っている。二人は俺を見てくすくす笑った。職場でも子どものお客さまと言葉を交わす機会はさほどないので、どう応答したらいいかわからない。とりあえず軽く頭を下げたら、女の子たちのくすくすが激しくなった。ふいの闖入者《ちんにゅうしゃ》にテンションが上がっているのだろうとは思ったが、困惑した。

「夏休み初日で、こいつら気もそぞろなんだよ」

と遠田は言い、文机に向かってどっかと腰を下ろした。生徒たちに俺を紹介する気はないらしい。突っ立っていてもしょうがないので、俺も遠慮がちに遠田のかたわらに正座した。

「おら、ちゃっちゃと書け。書いてとっととどっか遊びにいってくれ」

「だってさあ、バランス取るのむずかしいよ」

「若先がなかなか花丸くれないんじゃん」

子どもたちが口々に文句を言い、

「手本書いてやっただろうが。適当になぞれや」
と遠田が応戦する。

書道教室とはこんなににぎやかでいいかげんなものなのだろうか。驚いて推移を見守っていると、子どもたちはひとしきり騒いだことで気がすんだのか、勝手に集中力を取り戻して半紙に向かいはじめた。そのあいだ遠田はといえば、梵天《ぼんてん》つきの耳かきで耳掃除をしていた。生徒の自主性に任せると言えば聞こえはいいが、いつもこの調子で指導などろくすっぽしていないのではと疑念が湧いた。筆とともに自身の硯《すずり》の横に置いてあった耳かきを、遠田が視線もやらず迷いなく手に取ったからだ。こんな男が書道教室の跡継ぎとは、草葉の陰で康春氏が泣いていそうだ。

俺の疑念と非難の眼差しを察知したのだろうか。耳掃除を終えた遠田は、耳垢を落とした半紙を丸め、文机のそばにあった屑籠《くずかご》にぽいと捨てると、立ちあがって教室内をまわりはじめた。生徒たちの手もとを覗きこみ、ときに筆を持つ手に手を添えてやって、「だいたいこんな感じ」と筆づかいを伝授する。

ようやく俺が思い浮かべていた書道教室のありさまに近くなってきた。

座ったままのびあがって観察したところ、子どもたちはみんな「風」と書いているようだ。たしかに、バランスを取るのがむずかしそうな気がする。生徒のなかには一年生ではと思しき小柄な男の子も一人いて、あの子は書道云々《うんぬん》以前に、「風」という漢字をまだ習っていないのではと気が揉めたが、遠田はそんなことにはおかまいなしだ。

「ほい、手首ぷらーん。そうそう。リラックスしたまま筆先に気持ちを集中させて、『いまだ!』

ってときに半紙に下ろせ」

「『いまだ！』っていつ？」

と、小柄な男の子が中空で手首を揺らしながら尋ねた。

「筆をちんこにたとえると、『もうしょんべん漏れそう！』ってぐらい気合いが充満したときだ」

「バカじゃん、若先」

小柄な男の子はあきれたような眼差しを遠田に向け、

「あたしたちそんなもんないんだけど」

と後方の長机から女の子たちも抗議の声を上げた。

「不完全なたとえをして悪かった。筆を膀胱《ぼうこう》だと思ってほしい」

「ボウコウってなに？」

「そうか、おまえらおしっこ我慢しないから、存在に気づいてないんだな。体んなかにある、しょんべん溜まるところだよ」

「ほんとバカじゃないの、若先」

教室のあちこちでブーイングが起きる。

まったく同感だ。書への冒瀆《ぼうとく》もはなはだしい。五分も経たず前言撤回したくはないが、俺が思い浮かべていた書道教室のありさまでは全然ない。

遠田はブーイングを気にする様子もなく、ひととおり生徒たちの「風」を見てまわり、

「なにかがたりないっていうか、堅いんだよなあ」

と敷居をまたいで仁王立ちした。「いったいどういう『風』を思い浮かべて書いてんだ?」

「どういうって……」

「風は風だよね」

教室のあちこちで困惑の囁《ささや》きが交わされる。

「漠然と書いてるから、面白味がねえんだよ」

と遠田は断じた。「いつも言ってるだろ。手本なんか参考程度にしときゃいい。大事なのは文字の奥にあるもんを想像することだ。『朝顔』って書くことになったら、『どんな色の花を咲かせてる朝顔かな。もしかしたら小便用の便器かも』って、文字を通して自分が伝えたいことはなにかを考えてみるんだ」

「よくわかんないけど、おしっこから離れてよ」

女の子のうちの一人が顔をしかめ、

「すまん」

と素直に謝った遠田は、なにを思ったか六畳間と八畳間の掃きだし窓をすべて開け放った。熱と乾いて埃《ほこり》っぽい庭土の香りがドッと室内になだれこむ。

「暑いー!」

「熱中症になったらどうすんの」

生徒たちは悲鳴を上げたが、人工の冷気が夏の威力にかき乱され、薄まっていくのを体感し、どこかはしゃいでいるようでもあった。

「ほら、これが夏の風だ」

遠田がそう宣言するのを見はからったように、暑気を切り裂いて一陣の風が吹き抜け、庭の桜の葉を、そして生徒たちの手もとの半紙を、さわさわと揺らした。

「どんな風だった？」

窓を閉めながら遠田が尋ねると、

「ぬるかった」

「そうかな、けっこう涼しかったよ」

と生徒たちは口々に答える。

「じゃ、いま感じたことを思い浮かべながら、もう一度『風』って書いてみな」

遠田は再び文机に向かって腰を下ろした。「そういう習慣をつけときゃ、そのうち真夏にも冬の『風』を書けるようになる」

エアコンが「一からやりなおしだ」とばかりにゴウゴウと音を立てる。でも生徒たちは気を取られることなく、また涼しくなっていく部屋のなかで真剣に半紙に向きあい、それぞれの夏の「風」を書きはじめた。

納得のいく書を書きあげたものが、つぎつぎと遠田に見せにくる。最終的には生徒全員が文机のまわりに集結した。

遠田は一人一人の書を丁寧に眺め、

「うん、軽やかでいい感じの風が吹いてる。この『虫』みたいな部分の角っちょは、つぎからもう少し筆を立てて書くようにしたほうがいいかもな」

「夏の蒸し暑さがよく出てるじゃねえか。だが、そこを重視しすぎて、二画目のハネがちょっともたついちまったな。ま、滞留する風もたまにはあるってことで、よしとするか」

などと感想を述べつつ、各人の書に朱墨《しゅぼく》で大きく花丸を描いて返した。正座した生徒たちは、自分以外の書の講評にも耳を傾け、遠田の言葉にうなずいたり笑ったりする。

素人の俺の目にも、窓からの風を感じたあとの生徒たちの字は生き生きと躍動して見えた。もちろん、生徒たちの長机にある、遠田が手本として書いた「風」とはレベルがまるでちがう。遠田の手本は、夏の嵐のような猛々《たけだけ》しさを秘めながらも、いわゆる「習字のお手本的なうまい字」だった。それに対して生徒たちの「風」は、いびつだったりたどたどしかったりする。

でも遠田は、手本に無理に近づけるためのアドバイスはしなかった。俺もいつしか文机ににじり寄って、生徒たちが遠田に差しだす半紙に夢中で見入った。それぞれが感じた夏の風が、思い思いの形で文字にこめられていた。まとわりつくような「風」。清涼でホッと一息つける「風」。やっぱりエアコンの利いた部屋のほうがいいなという「風」。

俺は感心した。なるほど、「風」という一文字だけでも、こんなに多種多様で自由なものだったのか。書道とはこんなにのびのびと気楽に取り組めるものなのか。なにより、遠田に書を褒められ、改善点を教えてもらう子どもたちの、誇らしげで楽しそうな表情といったらどうだ。

たとえや指導法に少々下品だったり型破りではと思われるところはあるが、遠田は書道教室の先生として、やはり逸材なのだろうと察せられた。書家としてのレベルは、俺にはよくわからない。ただ、手本の文字が力強く端整で、目を惹《ひ》かれるものなのはたしかだ。

へのへのもへじを書いていた男の子の「風」は、あらゆる線がなんだか震えていた。

「こりゃあ……」

と遠田は言った。「おまえもしかして、吹く『風』じゃなく、引く『カゼ』を思い浮かべながら書いたんじゃないか」

「すげえ！　なんでわかったの若先！」

へのへのもへじの男の子は手を叩いて喜び、まわりの子たちは「そのカゼじゃないよ！」と口々に叫んで笑い転げた。小学生の笑いのツボがわからなかったが、それはともかく、なぜ遠田がカゼだと見抜いたのか、俺も知りたい。

「やっぱりな。悪寒《おかん》って感じがする」

と遠田は言った。

「オカンってなに？」

「ママのこと？」

「『ママ』って呼んでんのかよ、だっせえ」

「じゃあなんて呼ぶの」

「『母ちゃん』だろ」

「嘘だあ。あんたが『ママ』って呼んでるの見たことあんだからね」

子どもたちの会話はどんどん脱線していったが、遠田はいたってマイペースで、震える「風」

にもゆったりと花丸を描いたのち、

「カゼ引いたとき、熱が高いのに寒くてぶるぶるすんだろ。あれが悪寒だ」

と律儀に説明した。「俺がすごいんじゃなく、悪寒っぽさを伝えてきたおまえの字がすごいんだよ。その調子で、今度から『風』の一字には吹く風の意味をこめろ。いきなり反則技かましてくんじゃねえ」

「はーい」

へのへのもへじの男の子は照れ笑いしたが、いたずらが成功してうれしそうでもあった。

全員の書を確認し終えた遠田は、

「よっしゃ、また来週な。気をつけて帰れや」

と立ちあがった。生徒たちは、

「ありがとうございましたー」

と正座したまままきちんと礼をし、半紙をぱたぱた振って墨を乾かしながら長机に散った。帰り仕度ができたものから、三々五々、教室を出ていく。

「待たせて悪かったな」

と遠田は俺に言い、「茶でもいれてくるわ」と八畳間の襖を開け、廊下へ出ていった。廊下を挟んだ反対がわに台所があるようだ。

見下ろされる形だったから、あまり謝られている感じがしなかったが、まあいい。俺は正座を崩し、しびれた足とふくらはぎを揉んだ。書道教室の見学が予想外におもしろくて忘れていたが、そういえば喉がからからだ。飲み物をもらえるならありがたい。

俺は畳に置いていた鞄を引き寄せ、名刺入れをポケットに移した。紙袋から手土産の箱も取りだし、渡すときに備える。中身はホテルの人気商品、「三日月フィナンシェ」の詰めあわせだ。その名のとおり三日月形で、バター、チョコ、抹茶と三種の味をお楽しみいただける。

台所からガコンガコンと音がする。製氷器から氷を取りだそうとしているのだと推測されるが、通常は器をちょっとひねるようにすれば氷が落ちるはずで、いくらなんでも固すぎやしないか。いつから冷凍庫に入っていた氷が供されるのだろうと不安になり、思わず顔を上げた。そこではじめて、教室内に一人だけ男の子が残っていることに気づいた。

五年生か六年生だろう。廊下がわの最前列で書を書いていた子だ。筆などの道具は書道バッグに収めたようで、長机のうえはきれいに片づいていたが、いまもうつむきかげんに座ったままだ。やや影が薄いというか、教室のあいだもみんなと騒ぐことはほとんどなく、静かに微笑んでいた。男の子が書いた「風」もまた、印象が薄いと言ってはなんだが、丁寧だけれど線が細く、俺などは「なんだか弱々しいな」と思うのみだった。遠田は、「夏は微風が吹くだけでも、ラッキーって感じがするよな。ちょっとだけ涼しくなってうれしい、って気持ちを思い起こさせる『風』だ」と前向きに評していたが。

俺がちらちら向ける視線に気づき、男の子は小さく頭を下げた。慌てて正座をしなおして会釈を返しつつ、「どうしよう、遠田になにか用があるんだろうけど、俺も大人として『どうしたの』って聞くべきなのか？」と内心で目まぐるしく逡巡していたら、襖がスパンと開いて台所から戻

ってきた遠田が、

「あん？　ミッキー帰らねえのか。どうした」

とズバンと聞いた。男の子の名字はまずまちがいなく、三木《みき》というんだろうなと俺は思った。

「あの、若先にちょっと頼みたいことが……」

蚊《か》の鳴くような男の子の声をしまいまで聞かず、

「わかった」

と遠田は言った。「もう一個作ってくるから、さきに飲んでろや」

遠田が運んできた丸盆には、ガラスのコップがふたつ載っていた。お茶をいれると言っていたはずだが、乳白色の液体はどう見てもカルピスだ。遠田はミッキーという男の子のいる長机にコップを置くと、台所に取って返す。

まだまだ挨拶も、遠田康春氏に線香をあげることも、仕事の話もできなさそうだ。俺は「三日月フィナンシェ」の箱をそっと体の脇へ押しやった。

蛇口から水が流れる音、氷がコップに触れる音が聞こえてくる。

ミネラルウォーターではなく水道水で割ったカルピスなんだなと思いながら、俺は膝でにじにじと長机に近づき、コップを眺めた。長机を挟んで座っている男の子も、コップに手をのばすことなく黙ったままだ。

三つめのカルピスはとっくに作り終わったはずなのに、遠田はなかなか戻ってこない。間がもたなくなり、

「続力といいます。今日は遠田先生に仕事の依頼があってうかがいました」

と男の子に名刺を差しだした。子ども相手に名刺とは、なんとも無骨すぎる行いだが、これまでの経験から、俺の名前はだれにとっても聞き取りにくく漢字が浮かびにくいものらしいと学んでいたので、字面《じづら》を見てもらったほうが早いと思ったのだ。

当然ながら男の子はまごついた様子で名刺を受け取り、

「三木遥人《はると》です。はるか彼方の『はるか』に、『ひと』って書きます。小学五年生です」

と言った。漢字を説明してくれるあたりが、書道教室に通う子っぽいなと感心した。

それにしても、やっぱり三木という名字だったか。遠田のあだ名のつけかたが安直なことと、俺が名刺を渡したなかで、遥人くんがダントツの最年少だということが判明した。

俺が「仕事」などと言ったから、遥人くんは邪魔をしてしまったと思ったのだろう。なにやらもじもじしたのち、

「すみません、あの、僕帰ります」

と書道バッグを持って立ちあがろうとしたので、慌てて腕をつかんで引きとめた。

「いやいやいや、待って。気をつかわないで。ほら、カルピス飲もうよ」

「はい……」

遥人くんは長机に向かって座りなおしたが、あいかわらずうつむいている。

「むしろ俺のほうこそ、席をはずそうか。俺がいると話をしにくくない？」

遥人くんは首を振り、

「えーと、ツヅキさんは」

と名刺のフリガナをたしかめながら呼びかけてきた。「友だちに手紙書いたことありますか」

もしや、すでになんらかの用件を話しはじめている？　遠田はこの場にいないのに？　話しかけやすい体質をまたしても発揮してしまったようで、「しかし俺は子どもの扱いなどまるで知らないんだが」と狼狽《ろうばい》した。

「ああまあ、年賀状ぐらいなら。用事があったら、ＬＩＮＥやメールがほとんどかな」

「ですよね」

と言ったきり、遥人くんは汗をかきはじめたカルピスのコップを見ている。わけがわからないがお役に立てず申し訳ない、という気持ちになったところで、スパンと襖が開き、新たなカルピスのコップを手に遠田がようやく戻ってきた。

「ついでにしょんべんしてきた。なんだ、遠慮せず飲んでてよかったのに。そういやカルピスって、英語だと牛のしょん……」

「あの！」

名刺入れを手にしたままだったのをいいことに、俺は遠田の話をさえぎり、名刺と手土産を差しだした。繊細そうな遥人くんがカルピスを飲みたくなくなったら一大事だし、挨拶もできて一石二鳥だと判断したからだ。

遠田は俺の名刺を見て、

「そうそう、続力さんだっけ。じゃ、チカな」

と、これまた安直なあだ名をつけたうえに呼び捨てにした。手土産もその場で開けて、

「お、なんかぷわぷわしててうまそうだな。うまい」

と、バター味のフィナンシェをさっそく食べている。「ミッキー、チカも食え」

まずは遠田康春さんの仏壇に供えてほしかったのだが、もういい。諦めの境地に至った俺は抹茶味を、遥人くんはおずおずとチョコ味を選んだ。

俺と遠田が長机の長辺に並んで座り、向かいには遥人くんという配置で、カルピスを飲み、フィナンシェを食べた。甘みの波状攻撃に脳髄がしびれそうだったが、暑さに疲れた体が回復したのはたしかだ。食べながら遠田が、遥人くんが二年生のころから書道教室に通っていることを教えてくれた。

「けどよ、ミッキーが居残って俺としゃべろうとするのなんて、はじめてじゃねえか？」

遠田はフィナンシェを食べ終え、個包装のからの袋を器用に畳んで結んだ。「こいつ警戒心強いっつうか暗いからさ」

あとのほうの言葉はむろん、俺に向けて為された、遥人くんのひととなりについての解説だ。俺はフィナンシェが喉に詰まりそうになり、急いでカルピスで飲みくだした。なんて無神経な発言をするのだ。あわあわしながら、

「いえ、そんなことは……」

とフォローしようとするも、

「明るくはないですね」

と遥人くんはあっさり同意した。「そのせいでいじめられたぐらいですし」

思ったよりも深刻な相談がはじまるのかもしれない。たまたま居合わせただけの、初対面の俺に受け止めきれるだろうか。というか、ほんとに席をはずさなくていいのか？　また正座した足がしびれてきて、すぐに動ける状態にはないが。とにかくできるかぎり遥人くんの気持ちが軽くなるよう努めなければと、俺は傾聴のかまえを取った。

ところが遠田は、

「よっしゃ、みなまで言うな」

と膝を打ち、立ちあがって床の間のほうへ向かった。違い棚からアルミの灰皿と墨汁のボトルと紙を、文机から何本かの筆と毛氈《もうせん》と文鎮《ぶんちん》をわしづかむようにして持ってくる。

「これは奉書紙《ほうしょし》っつって、昔は天皇だか将軍だかしか使えなかった最高級の和紙だ」

遠田は毛氈のうえに、奉書紙とやらを広げた。半紙の倍ぐらいのサイズで、肌理《きめ》は細かいが厚みがある。ついで遠田は、灰皿にビューーッと墨汁を出して、太い筆に墨をたっぷりと含ませた。最高級の和紙に墨汁でなにか書くつもりなのか。そこは心を落ち着かせて、最高級の硯で最高級の墨を磨《す》るべき局面じゃないのか。

俺の胡乱《うろん》な視線に気づいたらしく、

「いーんだよ、時短だ、時短」

と遠田は言い、紙の右端あたりに大きく縦書きで、「絶縁状」と一気呵成《いっきかせい》にしたためた。どこかで見たような書風だなと考えて、勢いといい、かすれ具合といい、黒澤明《くろさわあきら》の『天国と地獄』のタイトル文字にそっくりだと気がついた。

さきほどの「風」の手本とも宛名サンプルとも、まるで風合いが異なる。このひと、どれだけ自由自在にいろんな筆致を書きわけられるんだ。

感嘆し、それにつけても絶縁状とは穏やかでないようなと首をかしげるうちに、遠田は今度は紙の真ん中あたりに細めの筆でなにやら文章を書き加え、

「ほらよ」

と奉書紙を遥人くんに渡した。「ここの空いてるところに、いじめたやつの名前やらを書いて、本人に渡すか学校の廊下に貼りだすかしろ」

遥人くんと額を突きあわせるようにして、俺も逆サイドから奉書紙を覗きこんだ。

絶縁状

謹啓　時下益々御清祥の段大慶至極に存じ上げます。扨而　今般
○年○組　○○○○
右の者　不届千万の所業甚だ目に余る事是多く
令和○年○月○日付を以て絶縁と決定致しましたので御通知申し上げます。
令和○年○月
○年○組　三木遥人

全体的にものすごい圧だ。「扨而」とは見慣れない漢字の並びだが、文脈からして「さて」でいいのだろうかと思いながら、

「いや、ヤクザじゃないんですから！」

と俺はこらえきれずツッコんでしまった。

「いじめなんて卑劣でくだらねえことするやつには、こんぐらいバチーンと言ってやんねえと伝わらんだろ」

遠田はなぜかドヤ顔をし、

「若先、やっぱすごいや」

と、遥人くんはくすりと笑った。「また使うときが来るかもしれないんで、もらっときますけど、いまはいじめられてないです」

「あ、そうなんだ」

俺は安堵の息をつき、

「それならそうと早く言えや」

と遠田は不満そうだった。遥人くんにみなまで言わせなかったのはあんただろと思ったが、仕事相手に何度もツッコむのもいかがなものかと我慢した。

「僕のおばあちゃん、ドイツ人なんです」

遥人くんは奉書紙を丁寧に長机に置き、話しだした。「それでなのか、僕の髪の毛、二年生ぐらいまでもっと茶色くてくるくるしてたんですよ。そしたら、いじられたり、髪引っぱられたり

するようになって」

　言われてみれば、遥人くんの髪は少しウェーブがかかっていて、日に透ける毛先は焦げ茶色に見えた。髪や肌の色がひとそれぞれなのはあたりまえのことだが、自分とは異質な存在に対して、特に子どもは、ときとして敏感で残酷な反応を見せることがある。黒い髪で黒い目のものが多く、同調圧力が高い日本の学校生活において、遥人くんは格好のターゲットになってしまったのだろう。

「いじめに気づいた三年のときの担任の先生が、『帰りの会』で僕といじめっ子たちを教壇のまえに立たせて、『これからは仲良くするって約束するね？』って言ったんですけど」

「その先公は頭がおかしいやつだったのか？」

　と遠田が口を挟み、

「ちょっとちょっと！」

　と俺はまたこらえきれずツッコむことになった。

「だって、そうだろ」

　遠田は首をひねる。「俺は学校のことはよくわからんが、外見がひととちょっとちがって性格も暗いからっていじめてくるようなやつと、仲良くしてやる義理なんかミッキーにはねえはずだ」

　本当にそのとおりだ。場を収めようと、大人は安易に「仲良くしなさい」と言ってしまいがちな気がするが、たしかに、なぜ平気でひとを傷つけるような相手と仲良くする必要があるのか。

遠田が提案したように、そんな輩《やから》には絶縁状を叩きつけるのがふさわしい。しかしあんたも、どさくさにまぎれて遥人くんをディスるような発言やめろ。「暗い」んじゃなく「おとなしい」んだ、遥人くんは。と言いたくて言えず、俺は口をもごもごさせた。

「土谷《つちや》も、若先と同じこと言った」

と遥人くんはつぶやいた。

急に出てきた土谷とは……？　俺と遠田の疑問を察したのか、

「三年のときから同じクラスになった友だちです」

と言い添える。「学校の図書館で一緒に鉱石図鑑を見たり、休みの日には電車に乗って多摩川の河原で石を探したり、趣味が合うんですよ」

「石!?　おまえまじで暗……」

またしても不穏当と思しき遠田の発言を、俺は肘《ひじ》で脇腹を小突くことで堰《せ》き止《と》めた。ホテルマンとしてはもとより、そもそも人間の礼儀という観点からもあってはならない行為だが、やむをえない。

遠田は「なんだよ」と作務衣越しに脇腹を搔き、遥人くんは気にせず話をつづけた。

「土谷は先生に、『なんで三木くんがそんなやつらと仲良くしなきゃなんないんですか？』って言いました。『先生はそいつらがやってることを、もっと見張って指導したほうがいいと思います。僕はこのクラスになってから、三木くんへのいじめをすべて記録しています。そろそろ動画も録音も、そいつらの実名入りでＳＮＳで拡散しようかなと思ってたところでした。それで三木くんへのいじめがエスカレートしたり、僕を標的にするようなら、警察に訴えるし弁護士を立てます。そいつらがどっか遠くの学校にばらばらに転校するまで、戦いをつづけます』って」

「すごいね」

と俺は言った。「まっとうだし、勇気がある。俺だったら、とてもそんなふうにはできなかっただろうなあ」

「僕もびっくりして、『帰りの会』が終わってすぐ、土谷にお礼を言いました。そしたら土谷は、『べつに。ああいうバカと同じ教室にいるのは気分が悪いから』って」

土谷くん、なんとクールな小学生なんだ。担任の先生はたじたじ、いじめっ子たちもひるんだのか、以降、いまに至るまで遥人くんにちょっかいをかけてくることはなくなったそうだ。

「土谷とはお互いに石好きだってわかって仲良くなったし、いじめてたやつらとは今年のクラス替えでべつになったから、ふつうに話したり遊んだりする友だちも増えました」

よかったよかった。しかしだとすると、遥人くんの用件とはなんだろう。遠田は腕っ節が強そうだから、いじめっ子の小学生なぞ一息に五十人ぐらいねじ伏せてくれそうな気はするが、加勢を頼むまでもなく、すでに一件は落着しているように思える。

隣に座る遠田をうかがうと、話に飽きたのか二個目のフィナンシェをむしゃむしゃ食っていた。またバター味だ。気に入ってもらえてなによりだが、遠田に任せていても事態は進展しそうにない。

こうなったら俺が遥人くんから用件を聞きだすしかあるまいと腹をくくった。少ない手がかり

から自分なりに推理を働かせ、

「えーと。それで結局、遥人くんが遠田先生に頼みたいことというのは」

と遠慮がちに切りだしてみる。「手紙がなにか関係してるのかな」

「ツヅキさんもすごいや！　どうしてわかったんですか？」

遥人くんはややはしゃいだ声を上げ、

「手紙ならもう書いてやったじゃねえか」

と、遠田はフィナンシェの個包装の袋を畳んで結んだ。

遥人くんには、「『どうして』もなにも、わかって当然だと思う」と言いたい。自己紹介した直後に手紙の話題を振ってきたのだから、相当気にかかってる案件なんだな、ということぐらい、だれだって察しはつくだろう。そして遠田には、「ヤクザの絶縁状みたいな代物《しろもの》のことは、ひとまず置いといてもらえませんか」と言いたい。遥人くんが穏やかで利発な子なのは、少ししゃべれば容易に伝わってくる。そんな遥人くんに、荒ぶる魂が凝縮したような圧迫感満載の書状を書いて渡すなんて、遠田の的はずれぶりはなんなのだ。書道教室で三年も遥人くんと接してきたくせに、生徒の本質をまったく見抜けていない。反省して筆を折ったほうがいいのではないか。

だがもちろん、いずれも口には出せないので、俺は氷が溶けて薄くなったカルピスを黙って飲んだ。幸いにもそのあいだに、遥人くんはいよいよ本題に踏みこむ気になってくれたらしい。

「ツヅキさんが言ったとおり、僕が若先に頼みたかったのは手紙についてです」

と、遥人くんは姿勢を正した。「土谷、二学期から盛岡の学校へ行くことになったんです。お母さんの仕事の都合で、夏休みのあいだに家族で引っ越すって」

「それはさびしくなるね。遥人くんも、土谷くんも」

俺は心から言った。石好きの小学生がどれぐらいいるものなのか知らないが、俺も子どものころ、小説や漫画を読むのが好きな友だちが転校してしまったことがあり、同好の士を失うつらさや退屈さには覚えがあったためだ。

「は……、いいえ」

遥人くんの首が縦とも横ともつかぬ曖昧《あいまい》な動きを示した。「たしかにさびしいけど、大丈夫です。岩手には宮沢賢治《みやざわけんじ》が石を拾った海岸があるらしくて、土谷は絶対行くって張り切ってます。僕もこれからも石を集めていくつもりだし、いまの学校でなんとかやっていける気がするんです」

うんうん、遥人くん立派になって……。と、今日会ったばかりなのに俺は感激した。たぶん、土谷くんが言っているのはイギリス海岸のことで、それは海辺ではなく北上川《きたかみがわ》の川辺を宮沢賢治がそう命名したものだが、まあいいだろう。土谷くんが誤って、花巻《はなまき》ではなく岩手県の沿岸部に石を拾いにいかないよう祈ろう。

「こんなふうに思えるようになったのも」

と遥人くんはつづけた。「土谷のおかげです。だから僕、土谷が引っ越すまえに手紙を書いて渡したくて」

「きっと土谷くんも喜ぶよ」

と俺は同意し、

「おう、書け」

と遠田もうなずいて、話は終わったとばかりに立ちあがりかけた。俺は急いで作務衣の袖をつかみ、遠田を座らせる。書けばすむなら、わざわざ居残ることはするまい。遥人くんの頼みごとの核心は明らかにここからだと、ほんとになぜ察しないのだ、この男は。

「でも、なんて書けばいいですか？」

と、遥人くんはもじもじした。もしや、宿題の作文の内容すらも自分では考案せず、ネットで検索したそれっぽい文章を適当にそのまま書き写すような現代っ子なのか!?　と思ったのだが、そうではないとすぐにわかった。遥人くんは照れくさいのだ。手紙を書くことにも、そもそも自分の思いを言葉にしてだれかに伝えることにも慣れていないから、どうしたらいいかわからないのだ。

そりゃそうだ、小学生だもんなあと、俺は微笑ましく思った。大人でもむずかしいことなのに、感じやすいお年ごろの子なのだから、ますますハードルは高くもなろう。

そこはやはり、土谷くんへの感謝の気持ちをストレートに……、と先達《せんだつ》としての経験を踏まえて助言しようとした矢先、

「そんなもん、『ズッ友《とも》だよ』でいいだろ」

と遠田が断じた。これ以上に軽くて役に立たないアドバイスが世の中に存在するなら教えてほしいものである。

「それだけ？」

遥人くんも不満を示した。「若先は、だれかの代わりに手紙を書く仕事もしてるんですよね」

「代筆屋な」

「そう、それ！　土谷宛の手紙を、若先に書いてほしいんです」

なるほど、遥人くんの頼みごとがなんなのかが、やっとわかった。遠田が書家、書道教室の先生、筆耕士に加えて、代筆屋も営んでいるというのは初耳だが、しかしどうなんだろう。たとえつたなくとも、やはり手紙は自分で書いてこそ思いが伝わるものなのではないか。代筆屋という、かなりめずらしいと思しき職業に就くひとがたまたま身近にいたからといって、安易に頼るのはいかがなものか。

だが遥人くんも切羽詰まっているようで、

「土谷から引っ越すって聞いて一週間、僕もずっと手紙を書こうとしたんです」

と熱心に畳みかけた。「でも、だめでした。そりゃ一言でまとめれば『ズッ友だよ』なんですけど、東京と盛岡は遠いし、僕たちまだ子どもで僕なんかスマホも持ってないし、実際はそんなに会えなくなっちゃうと思う。そしたらいまみたいに友だちではいられなくなって、それでもやっぱ僕のなかで土谷は友だちだとも思うし、あれこれ考えてたら頭が混乱してきて……！」

これまでの物静かな様子をかなぐり捨て、奔流のごとく言葉を発しはじめた遥人くんを、「お、落ち着いて」と俺はひとまずなだめた。遥人くんはカルピスを飲み干して息を吐き、

「とにかく気持ちがあふれて、便箋が何枚あってもたりない感じで」

と言った。「だから若先にダイヒツしてもらおうと思ったんです」

遥人くんは書道バッグの外ポケットからレターセットとペンケースを出した。

「この便箋に収まるぐらいにしてください」

遥人くんがレターセットの中身を長机に並べる。内訳は封筒が二枚と、太めの横罫の便箋が四枚だった。地は水色で、封筒にも便箋にも、端に丸っこい新幹線のイラストがプリントされている。封筒一枚は予備として、最大で便箋四枚ぶん程度の手紙を代筆してほしいということらしい。

遠田は「ふうん」とレターセットを見下ろし、

「けどよ、代筆屋はじじいがやってたことで、いまは半ば閉店中なんだ」

と言った。

「なんでですか。若先なら、僕の字そっくりに書けますよね」

「まあなあ。じじいよりうまく、ミッキーの字を真似られるだろうよ。でもミッキーの要望をかなえんのは、俺には無理だ。じじいの霊を招喚して頼んでくれや。あ、ここで招喚すんなよ、小言がうるせえから」

もしかしてと薄々悟ってはいたが、「じじい」とは亡くなった遠田康春氏を指しているのだと確信を抱けた。父親であり書道教室の先代でもある康春氏を「じじい」呼ばわりしていいのかと思ったが、

「じいちゃん先生、まじで生き返ってほしい……！」

と遥人くんが嘆いたことからして、康春氏が当教室内で慕われている高齢男性だったのだとは

うかがわれた。

「ね、なんで若先じゃダイヒツ無理なの」

遥人くんは食い下がる。

「そりゃあ、じじいとちがって俺には学がねえからだよ」

と、遠田は困惑したように頭を掻いた。「字だけ達者に似せられたところで、文面を思いつけないんじゃなあ……」

そこで遠田はふと言葉を途切れさせ、この室内で手紙の文面を思いつける可能性のある最後の一人——すなわち俺に視線を向けてきた。

「ええっ!?　私だって学なんてありませんよ」

必死に首を振ったのだが、遥人くんまでもが期待に満ちた目で俺を見つめている。

「チカ、おまえ趣味はなんだ」

と、遠田に重々しく尋ねられた。読書と競馬だが、読書はなんとなくまずい予感がしたので、

「競馬です」

と答えたら、

「喜べ、ミッキー。人間ばかりか馬の気持ちまで汲み取れる学識の持ち主を見つけたぞ」

ということになった。

「無茶苦茶だ！」

とうとう俺は叫んだ。「私は遠田さんに宛名書きを依頼したくて来ただけの、一介《いっかい》のホテルマ

ンですよ。なのにどうして、手紙の文面を考えるなんて話になるんですか！」

「チカの言いぶんをまとめると、『報酬が必要だ』ってさ」

と、遠田が勝手にでたらめな通訳をし、

「ずっと貯めてたお年玉が二万円と、今月のお小遣いの残りが三百円あります」

と遥人くんが真剣な表情で答えた。

「よし。折半な」

遠田が悪い笑みを俺に向けてくる。

「小学生からお金巻きあげてどーすんですか!!!」

遠田は俺の肩に片手を置き、馬に対するように「どうどう」と軽く揺さぶった。

「考えてもみろよ、チカ。このままじゃ埒《らち》が明かん。ミッキーも引かねえだろうし、そうすると俺たちは仕事の話ができねえから、おまえは永遠にこの家から出られない」

不吉な予言じみている。俺は遠田の手を肩からはたき落とし、

「いざとなったら、宛名書きはべつのかたにお願いすればいいだけのことです」

と言った。

「へえ、本当に？」

遠田はにやにやする。自信たっぷりなのが腹立たしい。たしかに、宛名のサンプルを見たときの水無瀬氏の奥さまとお嬢さまの反応を思うと、よっぽどのことがないかぎり、遠田への依頼をまっとうしなければ三日月ホテルの名折れだし、ホテルマンとしての俺の沽券《こけん》にもかかわる。い

や、すでに「よっぽどのこと」が起きている気もするが、少なくとも遠田はぼんくらではなさそうだ。いいかげんでひとの話をあまり聞いていないと見受けられるが、書道教室での振る舞いや遥人くんへの対応からして、宛名リストを悪用するような人物には思えない。

となると、やはり遠田に協力し、早いところ仕事の話に持っていけるよう努めるのが最善の道なのか。ああ原岡さん、予想だにしなかった展開なんですけど、俺はどうしたらいいんですか……！

「とにかくさ、ちょっと試してみようや」

俺の内心の揺らぎだけは鋭敏に察せるらしく、遠田はここぞとばかりに説得を続行した。「チカはミッキーの気持ちを代弁する。俺はそれを片っ端からミッキーの字っぽく便箋に書く。な？」

「……わかりました、やってみましょう」

俺は不承不承、遠田の提案を受け入れた。今日は夜勤明けで、朝八時に日勤のスタッフに業務を引き継いだのち、溜まっていた事務仕事を残業して片づけ、バックヤードでざっとシャワーを浴びて、昼過ぎにホテルを出た足でここへ来たのだ。仮眠と休憩は適宜《てきぎ》取ったし、手当ても出るとはいえ、明白なる過重労働だ。さすがに疲れてきたので、さっさと帰って飯食って寝たい。明日も午後一時からのシフトで日勤が入っている。

遠田は毛氈と墨汁入りの灰皿を長机の隅にどけ、レターセットを手もとに引き寄せた。

「じゃあ、はじめよう。ズッ友はなんて名前だっけ？」

「土谷です、土谷和孝《かずたか》。直接渡すつもりなんで、住所はいりません」

遥人くんが漢字を説明すると、遠田はペンケースから2Bのエンピツを取りだし、封筒の表に「土谷和孝様」、裏面に「三木遥人」と書いた。緊張の面持ちで見守っていた遥人くんが、

「僕の字だ！」

と小さく感嘆の声を上げる。

俺も驚き、我が目を疑った。遠田が封筒に記した文字が、いかにも小学五年生の男の子が書きそうなものだったからだ。少々力が入って不恰好で、けれどさきほど見た遥人くんの書の、丁寧で細い線の特徴がエンピツながら見事に映しだされている。これまでに遠田が書いたどの筆致とも、印象が重なるところがまるでない。たとえば長机の端にある絶縁状と、いま封筒に記した文字とを見比べてみても、同一人物が書いたとは到底思えなかった。

なんだかゾッとした。これは、「筆が立つ」というような次元で語れる事象なのか？　いったいどの筆致が、遠田本来の書風なんだ。それぞれ、まったくの別人に取《と》り憑《つ》かれて書いた文字みたいじゃないか。そう、「憑依《ひょうい》」という言葉が一番しっくりくる。筆致自体に憑依され乗っ取られて、遠田自身の持ち味や意思は消え去ってしまったかのようだ。

「よっしゃ、いい感じだな」

遠田は爛々《らんらん》と輝く目を手もとに向けたまま、今度は便箋へとエンピツをかまえる。「まあ精一杯やってみるが、うまくいかなかったらミッキーも諦めて、『ズッ友だよ』路線を採れよ」

「はい」

と遥人くんがうなずいた。いよいよ俺の出番だ。遠田の筆致がカメレオン俳優ばりに変幻自在

なのはどうにも解《げ》せなかったが、俺は所詮《しょせん》、書の素人。遠田の本当の書風がどんなものなのかなど、想像がつかない。それよりいまは遠田を見習って、俺も遥人くんになりきるのみ……！

俺はなるべく意識を便箋に集中させ、口を開いた。

「拝啓　本格的な夏を迎え……」

「堅えよ！」

即座に遠田からダメ出しされた。「賭けてもいいが、『拝啓』なんて手紙に書くガキはいない。地球上に一人もだ。そうだろ、ミッキー」

「は……、うう、どうだろ」

遥人くんの首が再び、縦とも横ともつかぬ曖昧な動きを示した。「一人くらいはいるかもです」

小学生に忖度《そんたく》させてしまった。絶縁状は「謹啓」からはじめたくせにと思いつつも俺は反省し、

「すみません、肩に力が入りすぎました」

と言った。「遥人くんも遠慮せず、自分の気持ちとちがうなと思ったら言ってね」

「はい」

大きく息を吸う。目を閉じて、遥人くんの気持ちになるべく思いを馳せようとする。一緒に石を拾いにいく大切な友だち。相手が大人だろうといじめっ子だろうと、おかしいことはおかしいとひるむことなく主張し、理不尽への抗いかたまで示してくれるひと。でも、これからはあまり会えなくなってしまう。もしかしたら、もう二度と。

俺は手紙の文面を語りだそうとして、

「そういえば」

と、ふと思い当たった。

「なんなんだよ、早くはじめろ」

エンピツをいまにも便箋に接地させようとしていた遠田が、がくっと長机に腕をつく。

「申し訳ない、肝心なことを聞きそびれていました。遥人くんは土谷くんを、ふだんはなんて呼んでるんでしょう。つまり、私たち向けに説明するのではなく、リラックスして土谷くんと過ごしているときです。そこがちゃんとしていないと、手紙の信憑性が失われるというか」

「『ツッチー』に決まってる。土谷って名字のやつを、ツッチー以外で呼ぶ人類なんているか？地球上に一人もいねえだろ」

遠田は確信に満ち満ちて断言したが、

「あの……、ふだんから『土谷』って呼んでます」

と遥人くんが、「土谷派」が地球上に一人はいることを立証した。「学校ではあだ名を使っちゃいけないことになってるんです。変なあだ名をつけたりして、いじめにつながるからって」

「まじか。そんなの効果あんのかよ。あだ名が使用禁止でも、ミッキーいじめられてたんだろ？」

またもや無神経な発言をした遠田に、俺が肘鉄を食らわせたのは言うまでもない。脇腹をさする遠田をよそに、

「僕に関して言えば、効果はなかったですね」

と遥人くんはニヒルに嗤《わら》った。「本人がいやがるようなあだ名で呼ぶやつは、あだ名が禁止さ

れたって、べつの方法でいじめますから。土谷はいつも、いじめをしてた子たちを『かわいそうなやつら』って言ってます。『なんかストレスでも溜まってんだろ。実験用の狭い檻《おり》に閉じこめられたネズミじゃないんだし、ふつうはストレス溜まってもだれかをいじめたりしないけど。となると、あいつらには想像力がないってことだね。先生も、どうして三木をいじめるのかって聞くのはおかしい。おまえに原因なんかなんにもないんだから。それよりあいつらに、いじめをする自分自身のなかにどんな問題があるのかって聞いて、考えさせるべきだ。そしたら、あいつらが抱える問題を解決する方法も見つかるかもしれないから。ま、俺はそこまで親切じゃないんで、あいつらには「地獄に落ちろ」の一言ですませるけど』って」

土谷くん、本当に何者なんだ。小学五年生の皮をかぶった八十六歳の賢者とかじゃないのか？どんなにうまく手紙が仕上がったとしても、土谷くんが相手では絶対に代筆だとバレるだろと思ったが、とにかく遥人くんの気持ちを伝えることが大切だ。

俺はもう一度大きく息を吸った。

「土谷へ。

二学期から土谷が転校してしまうと聞いて、とてもさびしいです。それで手紙を書こうと思って、一週間ずっとがんばったんだけど、うまく書けない。」

遠田がさりさりとエンピツを動かしている。横目でうかがうと、俺が声に出したとおりの文章を、漢字とひらがなの使いかたも小学五年生っぽく、遥人くんに擬態した筆致でつぎつぎに書き記している。もとから便箋に透かしこんであった文字をなぞるかのような自然さで。

「土谷と石の話をして、ぼくはすごい楽しかった。いっしょに多ま川で拾った石は、箱に並べて部屋にかざってあります。ぼくの大事な宝物です。」

「なんでそれを、ツヅキさんが知ってるんですか!?」

と遥人くんの声がして、遠田のエンピツの音がやむ。俺は夢から覚めたときのように、自分がどこにいてなにをしているのか把握するまでに数瞬を要した。遥人くんの気持ちになりきろうとするあまり、いつのまにか極度に集中していたようだ。

「なんとなく、そう思ったんだ。遥人くんなら、きっと大切に飾ってるんだろうなって」

遥人くんはうれしそうに笑った。俺はまた呼吸を整え、便箋に並んだ文字を眺めて、意識を集中させようと心がける。早くも一枚目の便箋が埋まってしまいそうだ。罫が太いし、子どもの字を模して遠田は大きめに書いているから、伝えたいことを手早くまとめなければならない。

『ぼくはよく、『帰りの会』のことを思い出します。『なんでそんなやつらと仲良くしなきゃならないのか』と土谷は言ってくれた。

土谷は『銀河鉄道の夜』を読みましたか。」

「読みました」

と、遥人くんがかたわらから返答を差し挟み、俺はまたしても集中を妨《さまた》げられた。「僕も土谷も学校の図書館で借りたんで。石好きはたいがい読んでると思います」

「失礼しました」

俺は不見識を謝罪し、遠田は該当の一文を消しゴムで念入りに消した。

「図書館で借りた『銀河鉄道の夜』を、ぼくたちは読みましたね。あの小説に、水晶が出てくるでしょう。なかで小さな火が燃えている水晶です。その水晶はぼくのなかにもあって、土谷が『帰りの会』で発言してくれたときからずっと、明るく熱い火を燃やしています。だからぼくは、土谷とべつべつの学校になってもやっていける気がするし、これからも石を拾いつづけようと思います。

なかなか会えなくなるけど、いつか土谷に新しく拾った石を見せたい。土谷がイギリス海岸で拾った石も、いつか見せてください。

元気でね。盛岡の住所を手紙で教えてください。ぼくもまた手紙を書きます。スマホを買ってもらえたら、すぐに知らせます。

ジョバンニとカムパネルラみたいに、また土谷と電車に乗って、今度は多ま川よりもっと遠くまで旅をしたいです。大人になってからになるかもしれないけど、そのときは行ったさきの河原で、めずらしくてきれいな石をいっしょに拾いましょう。

三木遥人」

書きあがった手紙を遠田が渡すと、遥人くんは黙って何度か読んでいた。そして便箋を胸に押し当てるようにして、

「若先、ツヅキさん、ありがとうございます」

と頭を下げた。

遥人くんは手紙とペンケースを書道バッグの外ポケットに収め、晴れやかな表情で帰っていった。もちろん、絶縁状もきちんと畳んで外ポケットにしまっていた。置いていったら遠田に悪いと慮《おもんぱか》ったのか、いざというときに本当に使うつもりなのか、どちらなのかはわからない。

俺はなんだかドッと疲労がこみあげ、長机のまえでへたりこんだまましびれた足を揉んだ。だれかになりきって文章を考えるのは、思いのほか体力を消耗することだった。

遥人くんを玄関まで見送った遠田が、台所に面した襖を開けて、俺のいる八畳間を覗いた。

「カルピスのおかわりいるか？」

俺以上の憑依ぶりを見せ、遥人くんの字を真似ていたというのに、遠田はまったく疲れを感じていないようだ。この差はなんなんだと理不尽を覚えながら、

「いえ、おかまいなく」

と、俺はよろつく脚で立ちあがった。「よろしければ、遠田康春さんに手を合わせたいんですが」

「仏壇は二階だ。じゃあ、仕事の話もそっちでするか」

遠田にうながされるまま、俺は鞄とフィナンシェの箱を抱え持って廊下に出た。むわっと暑気が押し寄せるも、エアコンで冷えた体には心地よく感じられた。八畳間の向かいにある台所が視界に入る。昼にそうめんでも食べたのか、流しに鍋とザルが置きっぱなしになっていた。生活感あふれる狭い台所は、襖を閉めてしまうと薄暗い。

遠田のあとについて、廊下を玄関のほうに進もうとした俺の足もとに、やわらかくあたたかい

なにかがまとわりついた。「ひゃあっ」と驚いて見下ろすと、白っぽい猫が俺の脚に体をこすりつけている。

「おう、いたのかカネコ」

と遠田が猫を抱きあげた。「生徒が小学生のときは、どっかに隠れてて出てこねえんだ。大人の部になると、女の生徒さんの膝に乗りたがるくせにな」

言われてみれば、冷蔵庫の横に猫用の餌皿と水の入った器が置いてあった。猫は遠田の腕にでーんと腰かけるような恰好で収まり、「な、なんだねきみは」と言いたげな表情で俺を見ている。さっきは俺と遠田を取りちがえて、なついてきたのかもしれない。太《ふと》り肉《じし》で、顔も目も丸い。体の大半の毛は白かったが、頭頂部から左耳にかけてと、お尻と尻尾に黒いブチがあった。さらに特徴的なのは、鼻の下に横一線に走った黒い模様で、口ひげを生やしているみたいだ。

それにしても、なぜカネコ。三木遥人くんがミッキー、続力の俺がチカという、これまでの遠田の命名法則からすると……。

「もしかして、猫だからカネコなんですか?」

「いや」

遠田は猫を抱きなおし、玄関の上がり端にある階段へ向かった。「金子《かねこ》信雄《のぶお》みたいだからカネコ」

なぜ猫だけ法則からはずれるんだ。しかし、なるほど。口ひげといい、ふてぶてしさと臆病さが入り混じった態度といい、こう言ってはなんだが『仁義なき戦い』の金子信雄にそっくりだ。

俺は思わず噴きだした。遠田の肩に顎を載せたカネコ氏に見下ろされながら、階段を上る。

二階の面積は一階よりは狭く、廊下の右手に二間が並んでいるだけのようだった。遠田は階段から遠いほうの襖を開け、二間のうちの一室に入った。

部屋は六畳で、正面には庭に面した腰高窓があり、窓の向こうにちょっとした物干し場が張りだしている。俺が敷地外から観察したときのまま、軒下には手ぬぐいが吊され、物干し場には植物の鉢が並んでいた。近くで見ると、アロエやら万年青《おもと》やらミニバラやら、とりとめのないラインナップだ。

窓に向かって文机と座布団が置いてあり、遠田はここで仕事をしているのだとうかがわれた。右手には隣室との境の襖がある。たぶん、隣の部屋を寝室として使っているのだろう。一階の部屋はすべて書道教室に活用されているようだし、プライベートな空間は二階のみだとすると、遠田には亡くなった康春氏のほかに家族はいないのだろうか。

左手の壁際には、天井までの書棚と胸ほどの高さの桐簞笥《きりだんす》があった。書棚にはぎっしりと、書道関連の本や字典類が詰まっている。古そうな書籍が多いことからして、もともとは康春氏の部屋だったのかもしれない。

桐簞笥の天板部分には、写真の入った小さな額がふたつと、位牌《いはい》がふたつ置かれていた。線香立てもあるので、どうやらこれが自称仏壇らしい。

遠田は畳にカネコ氏を下ろし、

「じじいと、十年まえに亡くなった、じじいの連れ合いのばあちゃん」

とふたつの額を指した。

写真のなかの遠田康春氏は、頑固そうな顔つきでダブルピースをしている。もうちょっとまともな写真はなかったのかと思うが、まあそれはいい。

俺は少々頭が混乱した。康春氏は八十代半ばと見える風貌で、遠田の父親としては年齢がいっているのではないかと感じたのだ。康春氏の妻だという女性は、庭で撮った写真だろう。胡蝶蘭を鉢に植え替えながら、こちらに視線を向けて優しく微笑んでいる。十年ほどまえの時点で、七十代だろうと思われた。やはり遠田の母親としては、絶対にありえぬということはないが高齢だ。しかも遠田は、康春氏のことも康春氏の妻のことも、「親」とは一度も言っていない。

俺の疑問を読み取ったのか、

「俺は養子なんでね」

と遠田はつぶやいた。「この家に来て、十二、三年になるかな。じじいはともかく、ばあちゃんには世話になった」

「そうでしたか」

俺は納得した。書道の腕前を買われたかして、遠田は養子に入ったのだろう。

「改めまして、このたびはご愁傷《しゅうしょう》さまです。三日月ホテルで康春さんと長くやりとりしておりました原岡というものも、本日こちらにお邪魔したがっていたのですが、すでに定年退職しているうえにぎっくり腰の療養中でして、『衷心《ちゅうしん》よりお悔やみ申しあげます』とのことでした」

「そいつぁご丁寧に」

と遠田は言い、ちゃっかり座布団に載っていたカネコ氏をひょいと持ちあげた。畳のうえを座布団がすべってくる。俺は遠田に断って線香をつけ、座布団に正座して手を合わせた。位牌と遺影は簞笥のうえにあるから、かなり見あげる形になるが、とにかく心のなかで、これまで三日月ホテルに貢献してくださったお礼を述べる。天板にはスペースがなかったので、フィナンシェの箱は簞笥のまえの畳に置いておくことにした。

合掌を解き、文机を背にあぐらをかく遠田に向きなおる。

「遠田さんは、いまはお一人暮らしですか」

「カネコがいるけどな」

遠田は自身の股間に収まったカネコ氏の背を撫でる。カネコ氏は俺をじとっと見据えたまま、「ぶみゃあ、ぶみゃっ」と鳴いた。「チャームあふるるワシの存在が目に入らんのかボケェ。『さみしいですね』みたいに言いくさって、失敬な輩じゃのう」とでも言いたそうだ。たしかに小憎らしい、もとい、頼もしい相棒である。ペットもおらず正真正銘一人暮らしな俺としては、ごもっとも、と黙るほかない。

網戸越しに夏のぬるたい風が通り、軒下で手ぬぐいがはためいた。線香のすがすがしい香りが室内を舞う。

間がもたなくなり、そろそろ仕事の話をと鞄から資料を取りだしたところで、

「そういえば」

と遠田が言った。「さっきミッキーと玄関先で相談したんだが、代筆の報酬、俺とチカにうま

い棒一本ずつってことになった」

「いらないですよ、報酬なんて」

本気で小学生から、なんらかのお代を取るつもりだったのか。この男に仕事を依頼していいものだろうかと、俺は差しだしかけていた資料を引っこめた。

「あ、そう？　『勝手にディスカウントすんな』って怒るかと思ったんだが」

遠田はカネコ氏の耳をつまんだり、顔面の肉をみょーんとのばしたりして遊んでいる。カネコ氏はいやがる素振りもなく、ぶーぶーと喉を鳴らす。

「うまい棒で文句ねえなら、受け取ってやれよ。ミッキーも今度持ってくるって張り切ってたぞ」

「いえ、こちらにうかがうことはもうないと思いますし……」

「なんで。筆耕を俺に頼みたいんだろ？」

遠田が手をのばしてきたので、俺は反射的に資料の入ったクリアファイルを渡してしまった。

「そうなんですが、仕事のやりとりはメールか電話ですみますから」

「おまえはこの家に来ることになるよ」

遠田はファイルから出した資料を眺めながら笑った。またも不吉な予言じみている。

「二百名強の宛名書きか。会社宛？」

「はい。リストはのちほどメール添付でお送りするつもりですが、取引先のかたが多いです」

「そうなると部署名まで書かなきゃなんねえから、ちっと時間がかかるぞ。二週間は欲しいとこだが、まあ最短で十日だな。一通あたりの料金の算出方法はこれで問題ない」

「ありがとうございます」

なしくずしに遠田に依頼することが決定した。「では、明日にでも封筒を発送します。十日間を目処《めど》に書いていただいて、返送をお願いできればと。お代の振込先など、詳しいことはメ、ー、ル、でおうかがいしますので」

「はいよ」

メールで、を強調したのに遠田はどこ吹く風で、

「チカはうまい棒、何味が好きなんだ？」

と尋ねてきた。

「サラミですかね」

「ガキが食う菓子なのに、そんな酒のつまみになりそうな味もあんのか」

遠田は感心した様子だ。「ミッキーに何味がいいか聞かれたんだが、俺は食ったことなくてさ。『適当に買ってこい』って言っちまったから、サラミがあるよう祈っとけ」

うまい棒は大人になって食べてもうまい。あれを食べたことがないなんて、遠田はよっぽどいいとこの子なんだろうか。とてもそうは思えぬしゃべりかただが、「おやつはすべて無添加、手づくり」みたいな王子さま育ちとか……。まあ顔だけ見れば整っているので、「野太い王子」みたいではある。

「うまい棒のお気づかいは本当にご無用に」

と俺は言った。「そもそも、あの文面で遥人くんの気持ちを十全に表現できていたとは思えません」

「そうか？　ミッキーは喜んでるみたいだったけどな」

「いえ、突然のことで、うまく遥人くんになりきれなかった。忸怩《じくじ》たる思いです」

「真面目だなあ、チカ。なんだかんだで、やる気まんまんだったんじゃねえか」

遠田に笑われ、俺は赤面した。たしかに、「なんらかのご要望があったら全力でお応えする」というホテルマンの習性が出て、慣れないながらも手紙の代筆に夢中で加担してしまった。遠田が書く遥人くんの文字が、あまりにも見事なりきりぶりを見せたため、「おくれを取るわけにはいかん」と触発されたきらいもある。

「手紙の代筆で肝心なのは」

と、遠田は穏やかな声で言った。「『いかに依頼者の話に耳を傾けるか』らしいぜ。できあがった手紙の内容が、実際に宛名の人物に渡せるものになってるかどうかは、さほど問題じゃない。聞き取った思いを代筆者が文章にまとめて、しかも本人そのものの字で可視化してやるだけで、依頼者の気持ちがすっきりすることがある。代筆の一番の効能は、そこなんだとさ」

ま、じじいの受け売りだけど、と遠田は箪笥のうえに目をやった。その眼差しは尊敬の念のこもったものだと感じられた。俺の思いちがいではないだろう。

「手紙の代筆って、なんだかカウンセリングみたいですね」

と俺は言った。俺がひねりだした文章が、遥人くんの渦巻く思いを少しでも整理し、気持ちを楽にする一助となったのであればいいのだが。

「そうかもな。チカは代筆業に向いてると思うぞ。なんか話しやすい雰囲気があるし」

「もうごめんですよ、すごく疲れました。向いているのは遠田さんでしょう。小学生の字まで書けるなんて」

「じじい曰《いわ》く、俺の書く字は本質をつかんでない『猿真似』らしい」

遠田は苦笑する。「それに俺は、ひとの話を聞いてねえからなあ」

自覚があったとは驚きだ。俺が返答に詰まっていると、

「そういやあ、さっきおまえ、いきなり外国人の名前を出してたが」

と遠田は首をひねった。「ミッキーの友だち、ツッチーだけじゃなかったっけ？」

なんのことだろうと数拍考え、

「ジョバンニとカムパネルラですか」

と俺は思い当たった。「『銀河鉄道の夜』の登場人物です」

「なんだ、小説の話だったのか。俺がミッキーの話を聞き逃しちまったのかと思った」

遠田は晴れやかな表情になった。遥人くんは、土谷くん以外にも友だちができたと言っていたのだが、その点はやっぱり聞いていなかったらしい。

「たしか水晶がどうこうってのも、その地ビールの名前っぽい小説に出てくるって言ってたよな」

「はい。『この砂はみんな水晶だ。中で小さな火が燃えている』というセリフがあるんです」

「へえ……。そりゃきれいだ」

白鳥の停車場の情景が見えたみたいに、遠田は微笑んだ。

俺は不覚にも胸を打たれた。このひとはまずまちがいなく、『銀河鉄道の夜』を読んだことがない。宮沢賢治を知っているのかどうかもあやしいところで、書家とは古今の書物に通暁《つうぎょう》している人々なのだろうとばかり思っていたから、こんな調子で仕事のほうは大丈夫なのかと激しく疑問ではある。だが、『銀河鉄道の夜』に満ちる透きとおったうつくしさと哀しみを、俺が暗誦《あんしょう》した一節のみを通して、遠田が明確に感受したのだと思われたのも事実だ。

俺が語る手紙の文面を、憑かれたように綴《つづ》っていた遠田の姿が思い浮かぶ。全身から青白い炎を立ちのぼらせているかのような姿が。はじめて聞く言葉の連なりから、そこに宿る思いの根幹を鋭敏につかみとり、豊かにイメージをふくらませて、文字として具現化する。遠田の感性と胆力に、俺は感動に似た気持ちを覚えたのだった。

「チカはやっぱり学がある」

遠田は遠田で、俺に感心してくれているようだ。『銀河鉄道の夜』は超有名作だし、小学校の図書館にも収蔵されている本だ。読んだことがある、すなわち学がある、とはならない気もするのだが、否定したら遠田を「学がない」と認定してしまうようでもあり、「はあ、いや、それほどでも……」と俺は口ごもった。

「ふつう、小説の文章なんて覚えてないし、それを咄嗟《とっさ》に手紙に取り入れるなんてできねえだろ。いやあ、いい人材が見つかってよかった。これからもジョブズとカンパーニュみたいに仲良く、一緒に代筆屋をやろうな」

「やりません！」

なんなんだ、ジョブズとカンパーニュって。原形をとどめてないじゃないか。

疲労メーターの針がいよいよＭＡＸに振れたので、「いいかげんちんこが蒸れてきた」と遠田がカネコ氏を股間からどかしたのを機に、おいとますることにした。

カネコ氏を襟巻きみたいに首裏に載せ、遠田は玄関の戸口に立って俺を見送った。視界に入るだけで暑苦しい。歩きだすまえに門の外から俺が一礼すると、

「また来いや」

と、ひとの話を聞いていないことを実証しつつ手を振る。肩から垂れたカネコ氏の太い尻尾もゆらゆら揺れる。

「メ、ー、ル、でご連絡します」

と俺は言い、暗渠の小道を抜けた。

夕刻に近づいてもまだ日の高い住宅街の五叉路は、あいかわらず蝉の声が降り注ぐばかりだ。人影はなく、窓辺の小型犬も姿を消し、振り返っても遠田書道教室はもう見えない。

古い一軒家に猫と暮らす男。「風」と書く子どもたち。手紙の代筆。いつか果たされるかもしれない石を拾いにいく約束。

俺は下高井戸の駅を目指して足を動かしつづける。

なんだかすべてが夢のなかの出来事だったように思われた。

二

もちろんすべては現実で、遠田《とおだ》からは期日どおりに、宛名を書き終えた封筒が返送されてきた。封筒の入った小ぶりの段ボール箱が三日月《みかづき》ホテルのバックヤードに届き、俺はちょっとドキドキしながら中身をあらためる。封筒は五十枚ずつ束にされ、水濡れを防ぐためにパラフィン紙できっちりと梱包したうえ、ビニール袋に入れてあった。パラフィンの包みをほどくと、鉱物と植物の中間のような、カビくさいような芳《かぐわ》しいような、墨特有の香りがふわりと広がる。ボトルの墨汁ではなく、わざわざ墨を磨《す》ったらしい。

悔しいが、俺は感嘆の声を上げてしまった。遠田が書いた宛名の文字が、黒曜石を砕いて溶かした墨液を使ったのかと思うほど、鋭くも深い光を帯びていたからだ。まだ墨が乾いていないのではないかと、思わず指さきでそっとこすってみたぐらいだ。濡れ濡れとして見えるというか、サンプルのときよりも格段に艶《つや》っぽさとキレが増した文字だった。

それでいて宛名が主張しすぎるということもない。あくまでも「お別れの会」の開催を告げる郵送物、という慎《つつし》みを保ち、調和が取れている。このレベルの宛名書きを、短期間で大量にこなすとは。俺には文字の一般的なうまい下手程度しかわからないから、書家としての遠田の実力を軽々には判断できないが、少なくとも筆耕士《ひっこうし》としての遠田は、相当に腕がよく有能だと言えるのではあるまいか。

予想以上に完成度の高い仕上がりにひとしきりうなっていた俺は、「いや、待てよ?」と、宛名リストと封筒を照らしあわせる作業に取りかかった。いくら見映えがよくても、遠田が書いた住所や名前に、誤字脱字が頻発している可能性だってあるじゃないかと思ったのだ。遠田に依頼するのははじめてだから、念には念を入れて、精度をちゃんとチェックしたほうがいい。しかし同僚に作業を目撃されたら、「姑《しゅうとめ》みたいな粗探しをして」と思われるかもしれず、事務室を見まわしてだれもいないことをたしかめたのが俺の小心なところだ。ふだんから宛名の確認はしているが、遠田の仕事ぶりを「どれどれ」と見てやろうという根性の悪い思いがあったため、つい同僚の目を気にしてしまった。

二回照合した結果、二百通ちょっとの宛名に誤りはひとつもないことが判明した。俺は少し多めに封筒を発送したのだが、なんと遠田は一通も書き損じをしなかったことも判明した。予備ぶんの未使用の封筒は、これまたパラフィン紙で丁寧にくるまれて、段ボール箱の底のほうに収められていた。

非の打ちどころがないとはこのことだ。

段ボール箱に貼られた着払い伝票をはがし、丸めて捨てた。伝票は俺が準備して遠田に送っておいたものだが、そこに書かれた自分の字になんだか気恥ずかしさを感じる。実際に対面したときの遠田は、どうもペースがつかめぬというか、自由奔放な御仁《ごじん》という印象で、返送されてきた封筒の完璧さとの落差に戸惑った。まあ三日月ホテルとしては、信頼できる技能を持った筆耕士をいつでも募集中なので、遠田に登録してもらえたのはありがたい。

ちょうど水無瀬源市《みなせげんいち》氏の奥さまとお嬢さまが、「お別れの会」で出す料理の打ちあわせにいらしたので、封筒のできあがりをご覧いただいた。お二人とも、期待したよりもさらにうつくしい文字だと、たいそう喜んでくださった。同席していた料理長までが、あとで俺に、

「あれはすごいねえ。筆耕屋さんのなかでもピカイチじゃないの?」

とわざわざ感想を伝えにきた。

原岡《はらおか》さんには、遠田書道教室を訪ねた直後に顚末《てんまつ》を報告してあったが、改めて電話し、遠田の仕事ぶりにはなんら問題がないこと、水無瀬氏の取引先のみなさまに招待状を無事に発送できたことを知らせた。ちなみに原岡さんの腰は快方に向かっているようで、呼びだし音は六回に減少した。

「そうかい、よかったなあ」

受話器越しにも、原岡さんが顔をほころばせているのがわかった。「遠田薫《かおる》さんがいいひとだったおかげで、遠田書道教室も三日月ホテルも安泰だ」

はたして遠田は「いいひと」なんだろうか。腕があって着実に依頼をこなしてくれるのはたしかだが、人柄的には「いいかげんなひと」のような気がする。しかし原岡さんを心配させるのは本意ではない。まだまだ油断なりませんよとは言わず、

「そうだ、ツーちゃん。秋の天皇賞《あきてん》には一緒に行こうや」

という誘いに、

「いいですねえ」

と、あえてのんびりした口調で答えた。「あ、しかも今年は仏滅じゃないですか」

秋の天皇賞が開催されるのは十月末の日曜で、まだ三カ月近くさきだが、原岡さんは気が早いわけでも気が長いわけでもない。夏のあいだはG1レースがないし、なによりもホテルの書き入れどきで競馬どころじゃないとわかっているから、気をつかってくれたのだ。秋天《あきてん》の日が仏滅なのもおあつらえ向きで、結婚式の予約が入らないかもしれず、週末でも休みを取りやすい。いまからさりげなくシフト調整を願いでておこうと算段しながら、原岡さんと競馬場へ行く約束を交わした。

秋天で勝つ。それを励みに、俺は忙しい夏の日々を乗り越えた。

笑顔でお客さまのお出迎え、お見送り。宴会場「三日月」で笑顔で給仕。宴会場をご予約のお客さまと、笑顔で真剣に打ちあわせ。夜勤。深夜に客室に参上し、心よりの謝罪ののち、笑顔で電球交換。八月も半ばを過ぎて、夏休みの思い出づくりにますます押し寄せるお子さまづれのお客さま。笑顔で「三日月ホテル特製ぬりえ」を進呈。笑顔で宅配便伝票の仕分け。これはお客さまのいらっしゃらないところでする作業なので、べつに笑顔じゃなくていいのではと思うも、表情筋が固まっていて真顔に戻らない。またも笑顔でお客さまのお出迎え、お見送り。

三日月ホテルで休暇を満喫されたお客さまは、みなさま英気を養われた様子だったので、俺としても報われる思いだし充実しているが、夏の繁忙期は毎年のことながら体力的にきつい。定年後も嘱託として勤めあげた原岡さんは超人としか言いようがなく、「五十、六十になってもやっていけるもんかな」とバックヤードで同僚たちと嘆きあった。とはいえ、お客さまのまえに出ると背筋がのび、心なしか肌も張りを取り戻すので、俺も含めて三日月ホテルで働くものは接客業が天職なのだろう。

遠田とはメールで何度かやりとりした。宛名のサンプルを見て、遠田を指名するお客さまがけっこういたからだ。遠田はすべての依頼に的確に応え、端整な文字で宛名を記した封筒を遅滞なく返送してきた。一度だけ、いつもどおり素っ気ないメールの末尾に、

「うまい棒の賞味期限が切れそうだぞ」

とつけ加えられていたが、

「ご遠慮なくお召しあがりください」

と返信しておいた。秋の気配が濃くなってきても、ありがたいことに三日月ホテルは繁盛しており、うまい棒を食べている場合ではなかったからだ。

曙橋《あけぼのばし》の築四十三年、1DK、家賃六万八千円のアパートに帰り、万年床にどっと倒れ伏す。遥《はる》人《と》くんはどうしているだろう。あの手紙を土谷《つちや》くんに渡せただろうかと気になってはいたが、眠気には抗えない。

結局、遠田は複数いる筆耕士のうちの一人として、事務連絡をするだけの存在となり、異なる筆跡を魔法のように生みだすさまを見て感じた驚きも、ともに手紙の代筆をしたときの不思議な高揚と集中も、俺はほとんど忘れかけていた。

ところがそう簡単に平穏な日常を許してくれないのが、遠田の遠田たる所以《ゆえん》だ。秋の天皇賞でボロ負けしたときから、いやな予感はしていた。やはり俺のツキは落ちている、と。

晴天のもと、東京競馬場にはさわやかな風が吹き抜け、原岡さんと俺は昼過ぎから一コーナー近くの芝生に座を占めていた。すいているうちならレジャーシートを広げて寝転がることもできるし、座面が硬いスタンド席よりも腰にいいと原岡さんが言ったからだ。

俺たちはパドックを見ない派だ。どの馬も走りそうに思えて心が乱れる。「馬体を見りゃ調子がわかるなら、みんなとっくに的中してるはずだろ」というのが原岡さんの主張でもあって、競馬場の設備がどんどん豪華になっていることからも自明なように、パドックを見ても見なくてもだいたい的中はしないのだ。

そういうわけで、俺たちは芝生に敷いたレジャーシートに座り、競馬新聞を広げてひたすら検討を重ねた。秋天のまえの各レースは肩ならしと位置づけ、気が向いたら交代で馬券を買いにいくぐらいにしておいた。原岡さんも俺もすべてはずしたが、肩ならしだからこんなものだと自分に言い聞かせて、売店で買ったビールを飲み、たこ焼きをつついた。

午後三時過ぎには、俺たちはすでに秋天の馬券を購入し、あとはレースのはじまりを待つばかりとなった。そのころにはいよいよひとが多くなってきて、シートを畳んだ俺たちは押しだされるようにしてコース際に立つ形となった。

実は、俺は二個目のたこ焼きを口に入れて「あちっ」となった瞬間、天啓《てんけい》を受けていた。「この馬が来るんじゃないか？」と突然思いついたのだ。それは十八番人気、つまり出走するなかで最も人気のない馬だった。

ふだんの俺は、一番人気の馬を中心にして馬券を購入する傾向にある。つまらない買いかただが、冒険ができない性質《たち》なのだ。天啓は事前の研究を吹き飛ばすもので、どうしようかと迷ったすえ、まあたまには大穴を狙ってみるのもいいかと、十八番人気を買ってみた。

秋天は大波乱の展開だった。人気が上位の馬はまるで奮わず、一着は五番人気、二着は十番人気、そしてなんと三着には、俺が天啓を受けた十八番人気が入ったのである。あんなに声を嗄《か》らしたことはない。しなやかな筋肉で構成された獣の群れが一瞬で目のまえを通り過ぎ、毛並みの光沢が網膜に焼きついた。競馬場が興奮と詠嘆に揺れ、馬券が季節外れの桜吹雪のように舞い、そして静寂が訪れた。

馬券を丸めてポケットに突っこんだ原岡さんが、

「ツーちゃん、もしかして獲《と》ったか!?」

と、ハッとしたように俺に飛びかかってきた。「さっき、あいつを買ってみようかって言ってただろ！」

「いえ、負けました」

俺は馬券を見せた。詳細を思い出すだに無念で震えがくるが、三着に入った十八番人気の馬を、俺は単勝と三連複で買っていたのだ。三連複の残りの二頭は、もちろん一、二番人気の馬にしたから、かすってもいない。

「なんだこりゃ。どうして複勝にしとかねえのよ、ド素人か！」

俺の手から馬券を奪い取った原岡さんは、ぺいっと芝生に投げ捨てかけて思いとどまり、丸めてポケットに突っこんだ。元ホテルマンとしての矜恃《きょうじ》が、ゴミをポイ捨てするなどという行いを許さなかったのだろう。

「複勝でも八十三倍だぞ、単勝にぶちこんだ千円を複勝にしときゃ、八万三千円だったのに！五千円なら四十一万五千円、一万円なら八十三万円！」

「あああ」

衝撃で腰が痛みだした原岡さんと気力を失った俺は、互いの体を支えあうようにして府中《ふちゅう》駅まで歩き、悲しい結果となったときに必ず立ち寄る店でホッピーと格安の焼き鳥を味わった。

「まあ人生なんてこんなもんだよな、ツーちゃん」

少し冷静さを取り戻した原岡さんが、べとつくカウンターをやたらとおしぼりで拭きながら言った。

「だとしたらつらすぎますね」

「ああ。それでも耐えがたきを耐え、忍びがたきを忍ぶんだ」

いい塩梅《あんばい》に酔いがまわったので、おひらきとなった。

ともに京王線に乗りこみ、調布《ちょうふ》に住んでいる原岡さんがさきに降りる。

俺が三日月ホテルに就職したとき、原岡さんはすでにして憧れの大先輩だった。教育係として、立ち居振る舞いやお客さまへの気の配りかたを一から叩きこんでくれた。

地下化された調布駅のホームを、エスカレーターを目指して原岡さんがよたよた歩いていく。歳を取ったなと思った。背中も髪も少々薄くなった。あと何回、原岡さんと競馬場に行けるだろう。できることならあと百回だって原岡さんと秋天を楽しみたいが、俺とて秋天百回は無理で、あと四十回行ければ御の字《おんじ》といったところだ。

二十代のころは、こんなふうに残りの時間を数えることなどなかった。このひとと過ごせるのはあとどれぐらいだろう、と考えることなど。俺の乗る電車が走りだし、こちらへ向かってひょいと手を挙げかけた原岡さんの姿が車窓を流れ去った。

原岡さんが言うとおり、人生なんてこんなもんなんだろう。化粧水を作ろうと思い立った水無瀬氏は例外的存在で、俺ごときに降ってくる天啓の内実はたいしたことじゃないうえに、解読すら微妙に誤ってチャンスを紙ゴミに変える。働いて食ってクソして寝て、あっというまにお別れのときが来る。それでも俺たちは、その日が来るまで忘れたふりをして、賭けて笑って悔しがって、せいぜい楽しく生きるのだ。

夜を映した電車の窓に、俺の顔が青白く浮かぶ。それにしても、惜しかった。八万三千円か。来月の家賃を払って、焼き鳥じゃなく焼肉を食べてもお釣りがくる額だったのに。

このままツキが下降しつづけ、とんでもない厄介事に見舞われるのではないかと戦々恐々としながら月曜日を迎えた。案に相違して日々は平穏無事に過ぎ、十一月の第一週の金曜日、宴会場「三日月」にて、水無瀬源市氏の「お別れの会」が行われた。

立食形式の、いい会だった。招待されたお客さまは、なごやかに水無瀬氏の思い出を語りあい、そこここで献杯し、料理長渾身《こんしん》のメニューに舌鼓《したつづみ》を打った。正面奥に設《しつら》えた簡素な祭壇には、豆腐をすくう水無瀬氏の白黒写真とともに、ひ孫たちが描いた似顔絵も並べられ、薄ピンクのラナンキュラスが文字どおり花を添えていた。花言葉は「飾らないうつくしさ」なのだそうだ。水無瀬氏の生きかたと創業した化粧品会社の理念にぴったりだ。

水無瀬氏の奥さまとお嬢さまは、それぞれブルーグレーと薄紫の江戸小紋をびしりと着こなし、招待客に挨拶してまわった。しんみりしたムードはなく、お二人が行くさきざきで笑みが広がり、招待客の口からは水無瀬氏の思い出話が尽きることなくあふれだすのだった。

空いた取り皿を銀の盆に積み重ねて、バックヤードに下げようとしていた俺にまで、奥さまとお嬢さまはお礼をおっしゃってくださった。

「続《つづき》さん、いろいろと細やかに準備してくださって、本当にありがとうございます。水無瀬もあの世で喜んでおりますでしょう」

「恐れ入ります。そうおっしゃっていただけて、水無瀬源市さまやご家族のみなさまから受けたご恩を、少しはお返しできたかと安堵いたしました」

「招待状もとても好評だったんですよ。宛名を書いてくださったかたにも、どうぞお礼をお伝えください」

「かしこまりました」

と答えはしたが、まあ機会があったらでよかろう、遠田をいい気にさせるのはなんとなく癪《しゃく》だからな、などと俺は思っていた。

しかし、そんなちっちゃい考えを抱いたのがよくなかったようだ。

「お別れの会」は成功裡《せいこうり》に終わり、週末の夜勤シフトもこなして、さて帰るかと事務室をあとにしかけた十一月第二週の月曜朝九時。業務を引き継ぎしたばかりの日勤スタッフに、

「あー、続さん、ちょっと待って！」

と呼び止められた。「筆耕士の遠田さんからお電話です」

早く早く、とスタッフは事務室の固定電話を指している。

なんと、このタイミングで遠田のほうから連絡してくるとは。天網恢々疎《てんもうかいかいそ》にして漏らさず、やわらか絹豆腐を崩さずすくいあげまくった水無瀬源市氏の目も誤魔化せず、といったところか。これは観念して、水無瀬氏の奥さまとお嬢さまからのお礼を遠田に伝えるほかあるまい。

俺は渋々と事務室内にあと戻りし、受話器を取りあげて保留ボタンを解除した。

「お電話替わりました。続です」

「よう、チカ。ひさしくお見限りじゃねえか」

三カ月ちょっとぶりに聞く遠田の声は、あいかわらず低くてよく響き、朗《ほが》らかだった。俺はなんとなく受話器の話し口を片手で囲うようにして、

「比較的頻繁にメールでご連絡差しあげておりますが」

と言った。

「やっぱ直接会わねえと伝わらないキビってもんがあんだろ」

「と申しますと？」

「もしかしたら、俺はスランプかも。いま頼まれてる宛名書き、どうもうまくいってない気がすんだよなあ」

「どこかご体調でも？　お仕事が忙しいんですか？」

「いやあ、ピンピンしてるし、このあいだ展示会が終わったばっかで暇だけど」

「……書けたぶんを、いつものように着払いでお送りいただければ拝見します。まだ期日まで時間もありますし、残りはほかのかたにお願いすることもできますので、ご無理はなさらずに」

「頼まれたぶんはもう全部書いた」

「なんなんですか！」

と言ってしまい、慌てて声量を落とす。「じゃあご返送ください」

「チカ、いつが休みだ？　取りにこいよ」

「なんでですか！」

と、また声量の調節に狂いが生じた。水無瀬氏の奥さまとお嬢さまからの言葉を伝えたいのに、なかなかそういう展開にならない。事務室にいるスタッフが怪訝《けげん》そうにこちらを見ている。俺はやや背中を丸めて、

「私にもほかの業務もありまして、筆耕士のみなさまのご自宅に、そうそう気軽にうかがうことはできなくてですね」

と受話器に訴えかけた。「とにかく、いつもどおりお送りください」

「いやだ。おまえが来ないんだったら、封筒は返さない。いつまでも招待状を発送できないまま、臍《ほぞ》でも嚙んでろ」

「なんでそんなダダこねるんですか」

「チカこそ素直になれよ。いい肉が手に入ったし、ついでに食わせてやっから」

「けっこうです」

「肉より臍を嚙みたいってのか。ド変態だなあ、おまえ。そういうとこも刺激的だけど、だったら封筒は戻らないと覚悟するんだな」

どうして誘拐犯との痴話喧嘩みたいな会話を遠田と交わさねばならないのだ。スタッフの視線が背中に刺さっているのを感じる。俺は根負けし、

「で？　いつが休みなんだ」

という遠田の問いに、

「わかりました、今日これからだったらうかがえます」

と答えてしまった。

「よっしゃ。じゃあ待ってるわ～ん」

無駄に響く遠田の声が受話器から漏れていたのか、虚脱して電話を切ったとたん、

「続さん、ずいぶん遠田さんと親しくなったんですね」

とスタッフに言われた。「私も続さんを見習って、外部の業者のかたとちゃんとコミュニケーションを取れる関係を築くように心がけないと」

「いや、どうですかね。ほどほどでいいのでは……」

個人的に仲がいいから遠田と会うのだと思われている。時間外手当ての申請もしにくくなった。虚脱が深まる。

やっぱり俺のツキは落ちていた。

俺は重い足取りで再び下高井戸《しもたかいど》駅に降り立つことになったのだった。


夏に訪れたときと変わらず、遠田書道教室は暗渠《あんきょ》のさきに静かにあった。変化といえば、庭の桜の葉が少々色づきかけていることぐらいだ。

予期していなかった仕事帰りの訪問で、セーターとジーンズに薄手のジャンパーを羽織った普段着だが、いきなり呼びつけたのは遠田なのでかまうまい。それでも一応シャツの襟などをたしかめてから、玄関横のブザーを押した。

反応がない。来いと言っておきながらどういうことだ。もしやスランプというのは本当で、体調が悪くて倒れてるんじゃあるまいなと心配になり、

「遠田さん、続ですが」

と声をかけながら建て付けの悪い引き戸を開けた。上がり框《かまち》に白黒のブチ猫がでーんと座っていた。

「うわびっくりした。カネコさん」

かがんで撫でようとしたら、カネコ氏はふいと身をかわして廊下の奥へ去っていってしまい、

う出で立ちだ。

入れ代わりに台所のほうから遠田が出てきた。本日も紺色《こんいろ》の作務衣《さむえ》の下に長袖の白Tシャツとい

「遅えぞ」

「すみません」

と反射的に謝ったものの、腕時計の針は十時まえを指している。寄り道もせず駆けつけたのにこの理不尽な扱い、まじで解《げ》せぬと思ったが、遠田相手に反論しても無駄だと俺も学んでいたので、「お邪魔します」と、おとなしくジャンパーと靴を脱いで廊下に上がった。

遠田は俺を一階奥の八畳間に通した。隣の六畳間との境の襖《ふすま》は閉まっており、部屋はエアコンでほんのり暖められていた。生徒が使う長机は、床《とこ》の間《ま》のまえの一台を残してすべて畳まれ、境の襖のそばに積んであった。教卓がわりの文机《ふづくえ》も襖のほうに寄せられている。俺はジャンパーを適当に畳み、積まれた長机のうえに載せた。

「今日は教室はお休みですか」

「ああ、週末は大人の部も子どもの部もあっててんてこ舞いだから、月曜を定休日にしてる。チカは運がいいな。ゆっくりしていけるぞ」

べつにゆっくりしたくないが、勧められるまま、一台だけ残った長机に向かって腰を下ろした。遠田は部屋の隅から小ぶりの段ボール箱を運んできて、

「頼まれてたぶん」

と俺の体の横に置く。「せっかく来たんだし、まあ一応確認してくれ。OKなようなら、梱包

して明日にでも発送する。抱えて帰るの面倒だろ」

俺は箱に詰まった封筒をざっとあらためた。毎回のことだが、遠田が書いた宛名の文字は丁寧で端整だった。これでスランプなのだとしたら、俺などは「生まれてこのかた、ナメクジの這い跡のようなものを紙に記してきたひと」になってしまう。

やはりスランプ云々《うんぬん》というのは、俺を呼びだすための口実だったのだろう。となると、遠田の本当の用件は手紙の代筆か？　また俺に依頼者の話を聞きださせて、イタコよろしく文案を練れということなのか？

であるならば、代筆の依頼者が訪ねてくるまえにおいとまするのが吉だ。俺は急いで封筒を箱にしまい、蓋を閉めた。

「スランプなんて微塵《みじん》も感じさせない仕上がりじゃないですか。ありがとうございます。ではお言葉に甘えて、返送よろしくお願いします」

と早口で言って顔を上げたら、遠田はいつのまにか八畳間から姿を消していた。台所のほうでなにやらガタガタやっている音がする。帰るタイミングを逃し、浮かしかけた腰を下ろすと同時に、廊下がわの襖が開いて電熱器を掲げ持った遠田がやってきた。

「すき焼き作るから食ってけよ」

「え、朝からですか」

「朝にすき焼き食っちゃいけねえって法はないだろ」

そりゃ法はないが、いくらなんでも胃がもたれそうだ。と思うも、遠田は台所とのあいだを往復しては、平鍋やら野菜の入ったザルやら調味料やらをどんどん運びこんでくる。食事を断る隙はもとより、「なにか手伝いましょうか」と声をかける暇もない手際のよさだ。居心地悪く尻をもぞつかせながら見守るほかなかった。

遠田は最後に、一升瓶と桐箱に入った牛肉を持ってきた。

「チカ、いけるクチか？」

「はあまあ、たしなむ程度ですが」

「飲めるやつは、なんでかみんなそう謙遜するよな」

と遠田は笑った。すき焼きの割り下に使うのかなと一縷《いちる》の望みを抱いていたのだが、ガラスのコップふたつにどぼどぼと日本酒を注ぎわける。

「朝からですか。いえ、朝に飲酒しちゃいけないという法はないですけれど」

「このあと休みなんだろ？　うちで飲んで食ってったってバチは当たらねえよ」

遠田は乾杯もせずさっさとコップを傾けながら、電熱器に載せた鍋ですき焼きを作りはじめた。代筆の依頼者が訪ねてくる気配もないし、では遠田は本当に厚意で、俺にすき焼きをご馳走してくれようとしたのだろうか。

実のところ、俺は酒も肉も好きだ。朝食も摂らずにここへ直行したので、腹もすいている。豆腐やら白菜やらシラタキやらを投入した出汁《だし》が、湯気とともに室内にいい香りを振りまく。鰹《かつお》出汁のようだ。少し気がゆるみ、せっかくだから食っていくかと開きなおる思いにもなって、俺は改めて腰を落ち着けた。

床の間を背に、長机の向かいに陣取った遠田は、慣れた手つきで醬油《しょうゆ》や砂糖や味醂《みりん》を鍋に入れる。日本酒も一升瓶から直接ドパッと流しこんだ。すべてが大雑把な目分量だが、食欲を刺激する甘からいにおいがふんわり広がり、豆腐や野菜にいい具合に茶色く色がつきはじめた。

俺はついついのびあがって、遠田が手にした桐箱を覗きこんだ。繊細なレースのように霜《しも》の降った、見るからに高級そうな牛肉だった。

「すごい肉じゃないですか。どうしたんですか、これ」

「昨日もらった。チカに食わせてやろうと思って、電話したんだ」

「なぜまた私に」

「宛名書きの仕事まわしてもらってるから、まあ接待しとこうかと」

少し時期が早い気もするが、生徒からのお歳暮だろうか。それを俺に食べさせようとするのは、どうしても裏があるように思えてならない。だが、問いただすのは棚上げにした。肉が入った鍋は、いよいようまそうにふつふつと煮立っている。遠田は醬油と砂糖で最終的な味の調整をし、

「ほい、できた」

と電熱器のつまみを「弱」にした。「締めのうどんも用意してあるから、遠慮せずどんどん食えや」

そうだ、と遠田は立ちあがり、台所から小鉢をふたつ持ってきた。ひとつを俺のまえに置く。カネコ氏も遠田の足もとにくっついて部屋に入ってきて、小鉢を凝視している。

「アジのなめろう」

と遠田は言って、再び向かいに腰を下ろす。小鉢の底にはちゃんとシソの葉が敷かれ、艶《つや》やかななめろうが盛りつけられていた。

「すごいですねえ、これも遠田さんが作ったんですか」

「簡単だろ、こんなの」

「私は料理はさっぱりで、ドカーンとインスタントラーメン、ドカーンとパスタぐらいです」

「ばあちゃんが料理好きだったから、見よう見真似でなんとなくな。ま、ふだんは俺も、手軽な麺類ばっか作って食ってるけど」

　万が一にもすき焼きの汁が飛んではいけないので、俺は段ボール箱を境の襖のほうへ押しやった。お椀に卵を割り入れ、「いただきます」と声をそろえて、しばし飲食に励む。すき焼きもなめろうも味の輪郭がはっきりしていて、これは酒飲みが作る料理だなと俺は夢中になって箸を動かし、その合間にコップを上げ下げした。

「おいしいですねえ、おいしいです」

　と、半ば独り言のように感想が漏れてしまうほどだった。遠田は日本酒を注ぎたしてくれながら、

「口に合ってよかった」

　と目を細める。「チカは料理作ってくれる女とかいねえのか」

「いませんし、いたとしても特段、彼女に料理を作ってほしいとは思いませんよ。手が空いてるほうが惣菜買ってきたり作ったりすればいいことでしょう」

もしや口説《くど》かれているのか、この大盤振る舞いは胃袋をつかむとかいう古い手法の実践なのかと疑念が湧いたが、遠田はひさかたぶりにマンモスを狩れた原始人みたいに霜降り肉を飲みこみ、間を置かずぞばばーっとシラタキをすすっている。ひとを口説く態度ではないように見受けられる。なんなんだかなと首をかしげつつ、最前から気になっていたことを切りだした。

「ところで、カネコさんの熱視線でなめろうが糸を引きそうなんですが」

カネコ氏は俺の隣に座り、ずっと小鉢を凝視しつづけていたのだ。「味がついてるから、あげちゃだめですよね」

「そもそも青魚は、あまり猫に食わせちゃいけないらしい」

「えっ、そうなんですか。私が子どものころ、うちで飼ってた猫には、アジやサンマの刺身をわけてしまってました」

「青魚が主食だったんじゃなけりゃ、平気だとは思うがな。しかし猫に刺身とは贅沢だ」

「実家は釧路《くしろ》なんで、魚介類が豊富でして」

魚の名前を聞き取ったのだろうか。カネコ氏が「ぶみゃぶみゃぶみゃ」と、とうとう声に出して催促しだした。

「カネコ、こっち来い」

「どうしてそんなこと聞くんです」

「そりゃそうだな」

と遠田が箸を止めた。「俺が餌やってないみたいじゃねえか。おまえのカリカリ、まだ皿に残ってただろ」

カネコ氏は頑として動かない。俺のほうがまだしも与《くみ》しやすしと判断したようで、じっとりと小鉢を見つめている。

「しょうがねえな」

遠田は作務衣のポケットを探り、パウチ状の猫のおやつを俺に投げて寄越した。こ、これは、猫がうっとりしながら舐めてるCMでおなじみの商品ではないか！　俺の子ども時代には、この猫用おやつはまだ開発されておらず、うちで飼っていたクロにはあげたことがなかった。十五歳で大往生したクロは俺よりも先輩で、鯛《たい》の硬い骨も捕獲してきたスズメやネズミもばりばり食らうたくましいやつだった。確実に人語を解しており、クロの晩年には、俺の両親も兄貴も「この子は猫又なんじゃないか」と囁《ささや》きあっていた。

そんなクロが猫用おやつにとろけるさまを見られなかったのが心残りだったのだが、はたしてカネコ氏はいかなる反応を見せるのか。精悍《せいかん》なクロに比べ、カネコ氏は貫禄ある風情と言えるが、気高く愛想がないところは共通している。しかしさしものカネコ氏も、このおやつの威力のまえでは愛くるしい表情を開陳してくれるかもしれない。

俺は胸ときめかせながらパウチの口を切った。カネコ氏は俺以上に期待のこもった眼差しを俺の手もとに浴びせていたが、パウチが開いたとたん、あぐらをかいていた俺の腿《もも》にのしのしと乗りあげてきた。

「おお……？」

カネコ氏の重量とめずらしい密着ぶりに驚いていると、カネコ氏はパウチを持つ俺の手を両手で挟むようにして、中身のペースト状おやつをちゅうちゅうぺろぺろしはじめた。

「おお……！」

夢中とはこのことで、カネコ氏はおいしさのあまりか陶然と半目になっているうえに白目をむいている。感極まって「ぶふっ、ぶふっ」と鼻息まで荒い。鼻の下の横一直線の模様もあいまって、ひげの生えた赤ちゃんがミルクを飲んでいるようで、予想に反して愛くるしいというよりは怖かった。しかも、俺の手の角度がちょっとでもお気に召さないと、前脚でぐいぐい調整してくるため、爪が刺さって痛い。

「すげえだろ」

と遠田が笑いを含んだ声で言った。

「はい、迫力があります」

カネコ氏の口からパウチを引っこ抜きながら、俺はうなずいた。パウチがぺったんこになっても、妖怪みたいにまだ吸いついていたのだ。カネコ氏は不満なのか満足なのかわからぬが、ひとしきりぶーぶーと喉を鳴らした。俺の腿はなぜか座布団かなにかだと認識されたようで、でーんと載ったまま前脚を使って口のまわりの毛を整えはじめる。

すき焼きは少し煮詰まってきてからもうまい。カネコ氏が鎮《しず》まってくれたので、俺たちはひきつづき鍋をつつき、落ち着いてなめろうをあてに日本酒を飲んだ。なんだか喉が渇いてきたなということで、順番はあべこべだが途中から缶ビールに切り替えた。遠田が電熱器の火力を上げ、うどんと溶き卵を鍋に入れる。くたくたに煮て味の染みこんだうどんを食べながら、さらに飲む。

「昼酒ってどうしてこんなにおいしいんでしょうね」

「なんでだろうなあ。日が暮れてから飲むより酔いのまわりが早い感じがして、なんとなく得した気分にもなれるよなあ」

俺もそうだが、遠田も「ビールは水」派のようで、ダメな酒飲みそのものといった会話を交わす。

なんだか不思議だった。俺と遠田は友だちでもなんでもない。仕事相手としても希薄な関係で、会うのは今日で二回目だ。にもかかわらず俺はすっかりくつろぎ、冬に向かう庭を窓越しに眺めながら猫のぬくもりなぞ堪能している。古くからの友人であるかのように、遠田とどうでもいいことをぽつぽつとしゃべっている。アルコールと牛肉が作用して生じた幻のような気もするが、俺はいつしかこの空間に居心地のよさを覚えていた。

「チカ、猫飼ってたんだな」

カネコ氏を載せたまま苦労してちょっと脚を崩した俺を見て、遠田が言った。「腰が引けた対応してるから、慣れてないのかと思ってた」

「母が結婚まえから飼っていた猫だったんですよ。賢い王さまみたいなやつで、私はおちょくられてましたけど。私が小学校に上がるまえに死んでしまって、母はどうしてもほかの猫を飼う気になれなかったみたいです。だからあんまり慣れてはいないですね」

「いい母ちゃんだな」

遠田は微笑んだ。そうだろうか。靴下を脱ぎっぱなしにしておくと激怒する傾向にあったが。まあ、俺も含めて極めて平凡というか凡庸な一家で、可もなく不可もなくな家庭だったのはたしかだ。ホテルは年末年始も繁忙期なので、釧路にはもう二年ぐらい帰っていない。両親の家の近くに住む兄貴夫婦も、二人目の子どもが生まれたと春に連絡をくれたし、年が明けてまとまった休みが取れたタイミングでひさしぶりに帰省するかな、などと俺は考えた。

「遠田さんは、カネコさんとは長いんですか」

「十年になるな。ばあちゃんの葬式がすんだ翌朝、親猫とはぐれたのか、庭でカネコが鳴いてたんだ。チビだったけどすでに面《つら》がまえは金子《かねこ》信雄《のぶお》で、俺は放っといても大丈夫だと思ったんだが、じじいが飼うって言い張ってさ」

「なるほど。それは故人の功徳《くどく》にもなったでしょう」

「おまえ、じじむせえこと言うなあ」

遠田はふんと鼻で嗤《わら》った。「金子信雄を助けたところで功徳になるか？」

いくら金子信雄氏が悪役を演じることが多かったとはいえ、偉大な俳優に対して失礼な言いようである。

カネコ氏は話題に上っていても我関せずで、俺の腹に顔面を押し当てるようにして丸くなっている。眠ってしまったのか、俺がやわらかな背中を撫でてもおとなしい。呼吸に合わせ、全身がゆっくりふくらんだり少ししぼんだりする。さきほどはひげの生えた「おじさん赤ちゃん」みたいだったが、いまは白黒の柄といいむっちりしたフォルムといい、パンダの赤ちゃんみたいだ。ようやく愛くるしさの片鱗《へんりん》を垣間見ることができた。

「功徳といえば、遠田さんに最初に依頼した『お別れの会』の宛名ですが、あの文字をご遺族のかたが絶賛しておられて、お礼を伝えてほしいと申しつかりました」

「ならよかった。俺の字、うますぎて罪なぐらいだな」

などと言いつつ、遠田は照れくさそうだった。

なんだかんだで二時間近く飲食している。さすがに腹いっぱいだ。遠田の泰然とした態度に引きずられ、ついゆっくりしすぎてしまった。俺はからになった二本目のビール缶を長机に置く。

「もう一本いくか?」

「いえ、もう充分です。ごちそうさまでした」

「そうか。そんなら食後の茶ぐらい飲んでけよ」

遠田はすき焼きの鍋を下げるついでに、また台所でガタガタやりはじめた。俺はそっとカネコ氏を腿から下ろし、立ちあがってのびをする。廊下に出て、ヤカンをコンロに載せた遠田の背に声をかけた。

「すみません、お手洗いお借りしていいですか」

「おう、玄関に一番近いドア」

用をすませて八畳間に戻ると、食卓として使っていた長机は畳んで隅に寄せられ、かわりに床の間のまえには文机が復活していた。しかも、薄手の便箋と万年筆が載っている。なんという早《はや》業《わざ》だ。

「あの、そろそろ私おいとまを……」

「まずは茶ぁ飲めよ」

遠田は畳に置いた盆から湯飲みをひとつ取り、もうひとつを盆ごと文机の前方へ押しやる。俺は床の間を背にした遠田と向かいあい、文机を挟んでおずおずと座った。湯飲みの中身は玄米茶で、湯温も適温、香ばしくておいしいのが不吉さを感じさせた。

「チカ、牛肉食ったよな」

「はあ、でもそれは遠田さんが『遠慮するな』と言ったからで……」

「食ったよな」

「食いました」

「よし、代筆手伝ってくれ」

遠田は悪い笑みを浮かべ、

「やっぱりですか！」

と俺は叫んだ。窓辺で日に当たっていたカネコ氏が、うるさいなあと言いたげに小さく耳を動かした。

「あのですね、どうして私が代筆の片棒かつがなきゃいけないんですか。遠田さんが引き受けた仕事なんですから、自分でなんとかしてくださいよ」

「ほい、これ」

と遠田は作務衣のポケットを探り、うまい棒のサラミ味を差しだしてきた。ネコ型ロボットじゃあるまいし、なんでもかんでもポケットに収めておくなと思いながらも、気勢を削がれて受け取る。

「遥人くんからですか」

「うん。うまい棒ってうまいんだな。俺はコーンポタージュ味ってのを食った」

「あの手紙、どうなりました？」

「さあ、聞いてない」

「なんで聞かないんですか、フツー聞くでしょ！」

「ミッキーは元気に教室に通ってきてるし、うまい棒くれたときも機嫌よさそうだったから、まあいいかと思ってさ。だから今回も代筆で人助けして、お互い功徳を積もうぜ」

「いやです」

「チカよう。言いたかねえが、俺たちが食った牛肉、百グラム二千五百円だって」

「そんなことだけは聞いちゃったんですか、どういう神経なんです」

「報酬ははっきりさせとかないと、やる気にかかわるから。二人で合計五百グラムはたいらげたよなあ」

うぐぐ。秋天をあてさえいれば、食べたぶんどころか全額を迷いなく置いて帰れたものを。うまい棒なら千本以上買える金を、依頼者は代筆のために捻出したことになる。胃のなかで急に牛肉が主張しだし、俺は腹をさすりながら尋ねた。

「そんないい肉を買ってでも代筆してほしいって、いったいどんなひとですか」

俺が乗り気になったと思ったらしく、

「女だ。若い」

と、遠田はいきさつを語りだした。

それによると、遥人くんの依頼を引き受けたのをきっかけに、遠田書道教室が代筆屋を本格的に再開した、と少しずつ口コミで広がったのだそうだ。秋ぐらいから、依頼者がぽつぽつ訪れるようになった。

「ちょっと待ってください」

と俺は口を挟んだ。「遥人くん以降も代筆の依頼があったなんて、私は知りませんよ。ということは、私が文案を考えなくても、遠田さん一人で代筆をこなせたってことじゃないですか」

「連絡しなかったからって、いじけんな。場合によるんだよ」

代筆のほとんどは、依頼者があらかじめ用意した文面を持ってくるパターンなのだそうだ。代筆者がそれを清書する。依頼者の筆跡に似せるか、なにはともあれ「きれいな字」にするかは、要望に応じて調整する。

少数派なのは、その場で依頼者が口述したものを書き取るパターン。たとえば、手が震えてうまく字を書けなくなったお年寄りが、孫への手紙を遠田に口述筆記してもらう、といったものだ。もちろん、言葉に詰まってしまう依頼者も多いため、代筆者が適宜《てきぎ》相槌《あいづち》を打ったり、話をさりげなく引きだしたりすることもある。この場合、康春《やすはる》氏が言っていたという、「いかに依頼者の話に耳を傾けるか」が問われる。手紙の内容まで一から考案した遥人くんのケースは、なかでも例外的なものだったようだ。

気になるのは代筆の料金体系で、いつも食べ物を代価にしているのかと思って遠田に聞いてみたところ、

「いや、分量や手間から金額を算出して、ちゃんと請求する場合のほうが多い」

とのことだった。算出と請求を面倒くさがって、食べ物を持ってこられても、「腹に溜まるから、まあいいか」とうかうか引き受けているのだろう。

「昨日の夜、教室が終わる時間を見はからったみたいに、女が牛肉持ってやってきた」

と、遠田は話をつづけた。「二十代半ばかな。会社員ぽい、真面目そうでちょっときれいな女だ」

とりあえず一階の八畳間に通すと、女は牛肉の入った桐箱を差しだし、遠田が文面も含めた代筆屋をしている、と知りあいの知りあいから聞いたと言ったそうだ。

「曖昧《あいまい》すぎませんか。そんな得体の知れないひとからもらった肉、よく食べる気になれますね」

「おまえも食っただろ」

「それは不可抗力とはいえ、不覚でした」

俺が見学したのはたまたま子どもの部だったが、遠田書道教室の生徒は社会人のほうが多いのだそうだ。そのあたりから女に情報が流れたのだろうと遠田は納得し、どんな手紙を書けばいいのかと尋ねた。

「恋文だってさ」

「無理でしょう」

「諦めんのが早くないか」

「だって実質的に、遠田さんと私でよく知らない女性のラブレターを書くってことですよね？　これ以上の不毛はないというか……」

「不毛さに耐えるのが人生だ」

と、遠田はもっともらしいことを言った。「それに正確に言うと、『逆ラブレター』だな。つきあってる男と別れたくて、手紙を出すってことだったから」

「おお、いまこそ絶縁状の出番じゃないですか。がんばってください」

では、と立ちあがろうとした俺のセーターの裾を、遠田が文机越しにむんずとつかみ止めた。

「おまえを脅すようなことはしたくねえんだが、あんまりダダこねてっと、俺は腱鞘炎《けんしょうえん》になっちまうかもしれねえぞ。そしたら筆耕役もできなくなる」

「脅してるじゃないですか」

「事実を言ってるだけだ。書家の腕はガラスでできてっから、しょっちゅう腱鞘炎になるんだよ」

そんなことはあるまい。俺は遠田の腕を見下ろした。長袖Tシャツを着ていてもわかる。鍛えあげられていて太そうだし、俺のセーターはのびそうだ。うんざりしながら座りなおす。

「そもそもどうして手紙が必要なんです。『別れよう』って言えばすむでしょ。相手の男性がストーカー気質で、話がこじれそうだとか？」

「うーん、そんな感じでもなかったような」

まったく要領を得ない。

「遠田さん。あなたちゃんと依頼者の話に耳を傾けたんですか？　代筆はカウンセリングみたいなものだと、遠田さんだって同意してたのに」

「いやあ、『百グラム二千五百円の肉なんてはじめて食うな』ってほうに気を取られてた」

遠田は片膝を立て、作務衣からはみでた脛《すね》をばりばり掻いた。「ただ、『別れたいなと思って、あえてだらしないところを見せても、わざとわがままを言っても、彼氏は全部受け止めてくれて』とは言ってたな。いっかな別れる雰囲気にならねえらしい」

「ノロケを聞かされてるとしか思えませんね。いい彼氏じゃないですか」

「そうか？」

遠田はあぐらをかきなおし、首をひねった。「女がいままでとちがう態度を取ってんのに、『どうしたんだ』って聞きもせずただ受け止めるって、怠慢だろ。歯ごたえがねえっつうか退屈な男で、そりゃ別れたくもなると俺は思った」

「そうとも言えるかもしれませんが……」

俺は過去の交際の記憶を引っぱりだしてみたが、参考になりそうな事象は見当たらなかった。進学先が別れてなんとなく自然消滅、互いに仕事が忙しくなって話しあいのすえに穏便に関係解消、といったケースばかりだったからだ。別れたいのにずるずると別れられないとか、別れ話を持ちかけてきた相手を熱烈にかき口説き引きとめるとか、経験したことがない。

燃えるような思いが恋愛なのだとしたら、俺のは小火《ぼや》未満というか、「いい気持ちで温泉に浸かって、そろそろ夕飯の時間だから上がろうか」ぐらいの平和さで、もしかして恋ではなかったのではないかと疑念が生じてきた。しかしまあ、歴代の、ありていに言うと四人だが、どの彼女とも「面倒くさいな」と思うことはありつつも二年から五年にわたってつきあい、結果的には楽しく幸せな思い出が残っているし、相手を好きだと感じていたときのまろやかな気分はいまも心のなかで眠っている。どの彼女も当然ながら、交際中は俺を好きでいてくれたという実感もある。だから温泉旅館的のんびり加減でも、恋は恋だと認定してよかろう。

とはいえ遠田が言ったように、彼女の不満を機敏に察知し、そのつど話しあって問題解決に努めていたかと問われれば自信がない。どんなに大切な相手でも、長くともに時間を過ごせば「日常」になるもので、惰性に流れるのが人情だ。多少の齟齬《そご》が生じるたび、いちいち話しあいなどするひとがはたして存在するのかと、その点においても疑念が生じた。

「私にはよくわかりません。やっぱり遠田さんのほうが向いてるんじゃないですか。モテそうですし」

むろん俺の卑屈さ、そこまでモテを体感したことのない悲哀が言わせたことだったが、遠田は謙遜するでもなく、

「俺と寝たいやつがいるかってことなら、いっぱいいるな」

と堂々と答えた。「けど、そういうのはべつに『モテ』とは言わねえだろ」

遠田の目が一瞬翳《かげ》ったように見えて、俺はひやりとし、狼狽《ろうばい》した。野原だと思って散歩していたら、いつのまにか他人の庭に足を踏み入れてしまっていたときと似た感覚だ。いつのまにか他人の庭に足を踏み入れていた経験はないが。

遠田はすぐに明るい艶《つや》を瞳に宿し、息をするようにバカなことを言ういつもの表情に戻って、

「とにかくチカが文面を考えろ」

と強引にまとめにかかった。「俺を鞬鞘炎から救うと思って」

最前の暗い影は遠田の意図に反してにじみでてしまったものであり、遠田はそのことにめずらしく動揺して、瞬時の翳りを払拭したがっているのだと感じられた。だから俺もなにも気づかなかったふりをして明るさを装い、

「文面を考えるのと鞬鞘炎は関係ないでしょう」

と応じた。

「まあそうなんだけど」

カネコ氏が窓辺で大きくのびをし、音もなく遠田に近寄っていく。それこそ鞬鞘炎になりそうな重さだと思うのだが、遠田はためらいなく抱きあげ、膝に座らせてやった。文机の向こうに、カネコ氏の迫力ある顔面が覗く。

「そろそろつぎの作品にも取りかからなきゃならないし、他人の恋文に頭使ってる場合じゃねえんだよ」

「展示は終わったって言ってませんでしたか？」

「チカちゃんはご存じないでしょうけどね」

遠田はカネコ氏の両腋《りょうわき》に手を差し入れ、こちらに腹を向ける形で持ちあげた。カネコ氏は仏頂面のまま、みょーんとのびた。ものすごく胴が長い。座らせると、また巨大な大福のように丸くなる。妖怪じみている。

「俺はこれでも人気の書家なんですよ。書展はなにかしら、年がら年じゅう開催されてるもんで、引っぱりだこで大変なんですよ」

「わかりました、やってみましょう」

不承不承、というていを取ったが、実際のところ俺はさきほどから、やるしかないと覚悟を決めていた。牛肉と、遠田の触れられたくないところに期せずして触れてしまったらしいことが、負い目となってのしかかっていたからだ。

「ありがとー！」

遠田がカネコ氏の両前脚を持ちあげ、万歳をさせる。

「しかしわからないこともありまして、結局依頼者の女性は、彼氏にはっきり『別れよう』とは言ってないってことですか？」

「そうそう」

「じゃ、いきなり『別れよう』って手紙を送っても、あまり効果がないのでは。彼氏は、交際は順調かつ円満だと認識しているわけですから、そんな手紙が来たらさすがに、『どうして』となりませんか」

「そうそう。だから、『なんでも受け止めるマン』といえどドン引きするような内容を頼む」

「なるほど……。自分の手は汚さずに、男のほうから離れていってくれればいいなってことですか。いまどきだ」

「そうか？　いまも昔も、女も男も、そういう気持ちはどっかにあるんじゃねえの。どんな関係でも、断ち切るときには体力使うもんだから」

遠田はカネコ氏の頭を撫でた。カネコ氏は遠田の膝のうえで体の向きを変え、作務衣の懐《ふところ》に顔をつっこもうとしている。猫用おやつがないか探っているのだろう。

「牛肉の女も、精一杯試みはしたみたいだぞ。でも、真面目そうだったからなあ。必死に繰りだしただらしなさもわがままも、たいしたレベルじゃなかったんだろ。『これ以上の奇矯《ききょう》な振る舞いは、演技力の限界で自分の手に余るから』ってことで、うちに来たんだ」

俺だって真面目かつ常識人だから、「このひととはさりげなく別れたほうがいいな」と相手をドン引きさせるような奇矯な文面など思いつけない。やはりそういうことは、他人の迷惑顧《かえり》みず、我が道を行く遠田のほうが向いているのではと思えてならなかったが、当の遠田はといえば真面目ぶった顔をして文机に向かい、すでに万年筆をかまえている。猫用おやつが見つからなかったのか、カネコ氏は再びパンダの赤ちゃんみたいに背中を丸め、遠田の股間でふて寝を決めこんでいる。

霜降りの肉とアジのなめろう。いま思えば生々しいというか毒々しい取りあわせだった。うまいものには罠《わな》がある。

俺はため息をつき、手にしたままだったうまい棒サラミ味を盆に置いた。どんな文面にすべきか、懸命に考えをめぐらせる。といっても、遥人くんのとき以上に情報が少ない。そもそも依頼者と相手の男性の名前も、どこで知りあってどういう交際を何年つづけたのかも把握していないのだ。

するとの遠田が、作務衣のポケットから取りだしたメモを見ながら、文机に置いてあった封筒に宛名を書きはじめた。便箋とおそろいの封筒で、薄手のなめらかな白い紙に、桜の花びらの透かし模様が入っている。

「あの……。十一月に桜とは、時季はずれじゃないでしょうか」

「あえて季節を無視したほうが、イッちゃってる感が出るだろ」

「そういう戦法ですか」

俺は引き下がり、遠田の手もとを注視した。宛名は「岡崎拓真《おかざきたくま》様」で、住所は杉並区だ。裏面には「森久保沙梨奈《もりくぼさりな》」と名前のみを記す。返事は送ってこずに、頼むからフェイドアウトしてくれという無言の要求を表現しているのだと思われた。万年筆のインクは臙脂色《えんじいろ》で、きれいな色だが見ようによっては血が乾いたみたいでもある。この選択も作戦のうちなのだろう。遠田はまたしても驚異の憑依《ひょうい》ぶりを発揮し、癖がなくてやわらかい、整った筆致を展開している。ペン習字のお手本みたいな文字だった。

「依頼者の森久保さんというかたは、とてもきれいな字を書かれるんですね」

「あ、これは適当。タッくんはサリリの書き文字をよく知らないだろうってことだったから、

『いかにもこんな字を書きそうだな』ってイメージだ。ふだんの連絡はＬＩＮＥばっかりで、手書きの手紙をやりとりしたことは一回もないんだと」

いまどきだ。まあ考えてみれば俺も、改めてラブレターを書いたことなど一度もない。いまや死語、もとい、死物《しぶつ》に近づいているラブレター。はじめて頭をひねる恋愛がらみの手紙が、他人の別れ話に関するものだとは。

「タッくんとサリリというのは……」

「言うまでもねえだろ。どう呼んでんのかは大事だってチカが言ってたから、ちゃんと聞いといてやったぞ」

遠田はドヤ顔をし、宛名を書き終えた封筒とメモをどけて、今度は便箋を引き寄せた。「さあ、はじめてくれ」

そんなアホなあだ名で呼びあってるカップル、正直言ってどうでもいいなあ。だいいちタッくんも、サリリが別れたがっていることには勘づいてるけど、気がついていないふりをしてるだけなんじゃないのかなあ。まずは二人で話しあって、ひとを巻きこむのはそれからにしてほしい。俺はそう思ったが、すき焼きの消化ははじまってしまっているし、もう手遅れだ。ここは見も知らぬサリリになりきって、タッくんに引導を渡すほかあるまい。

俺は目を伏せ、白い便箋だけを視界に入れるようにして呼吸を整えた。

「タッくん

急にこんな手紙を受け取ったら、タッくんはすごく驚いてしまうだろうなと思ったんだけど、私はこの世界の大きなからくりに気づいてしまい、もはや一刻の猶予《ゆうよ》もない、早くみんなに真実を知らせなきゃと思って、タッくんに一番にお伝えする次第です。

パンダをご存じですよね。白黒でもふもふした、多くのひとが大好きな、あの動物。今年に入って日本のどっかの動物園で双子の赤ちゃんパンダが生まれたとかで、ますます話題になり、みんなパンダに夢中といった感がありました。

この書きかたからもわかるでしょうし、タッくんはとっくに知ってると思うけど、私はパンダにそこまで興味はありませんでした。もちろんパンダ好きのひとがいたら、『かわいいね〜』って話を合わせるぐらいはしましたが、心のなかでは『まあ、白黒の大きなクマだな』って思ってました。

タッくんはいつも、『サリリは周囲に気をつかいすぎなんだよ』って言ってくれましたね。『俺のまえではありのままのサリリでいいよ』って。」

「そうなの!?」

と遠田が万年筆を止め、驚いたように顔を上げた。「そんな話、俺は牛肉の女から聞いてねえけど」

俺はややむっとした。俺がしゃべる端から、遠田が淀みなく血の色の文字を便箋に記していくものだから、なんだか声がそのまま視覚化されたような、その声も俺ではなくサリリの声であるような気がしてきて、魂が浮遊するような快感を覚えかけていたのに、途中で集中を妨《さまた》げられたからだ。

「なんでも受け止めるタッくんなら、たぶん言ってるだろうなと思ったんです」

「ほんとか？　チカが元カノに言ったことなんじゃねえの」

遠田はにやにやした。

「言いませんよ。私は人間関係には節度を求める派なので。『ありのままのきみを見せて』的な歌詞を耳にするたび、それこそ『ほんとか？』と思います。家で一人でいるときみたいに、相手がおならをしたり鼻くそをほじったりしても微塵も愛が揺らがないというならいいですけど」

「おまえタッくんとつきあえよ。堂々と屁《へ》ぇこいても受け止めてくれるぞ、きっと」

「だから私は節度を求める派なんですってば。交際相手だろうと家族だろうと、他人といるときに『ありのままの自分』なんてべつに見せたくないし、見せる必要もないでしょ」

「ふうん。俺はじじいと屁で会話してたぐらいだけどな」

「知りませんよ、遠田さんの屁事情は。どうします、タッくんの発言は削除して、べつの言いまわしにしますか？」

「いや、話がどう展開すんのか気になるから、このまま行ってくれ」

「では」

俺は軽く咳払いして、つづきを語りはじめた。

「そう言ってもらえて、とってもうれしかったし心強かった。だからタッくんには、私のたどりついた真実を思いきって伝えられるんです。

先月のことです。週末の昼下がり、テレビの情報番組をぼんやり見ていたら、双子の赤ちゃんパンダの特集をしていました。無事に一般公開できるぐらい大きくなった記念とかで、生まれてからこれまでの成長の様子を紹介していたんです。その映像を見るうちに、雷に打たれたみたいにわなわな震えが来ました。天啓が降りてきたんです。パンダは、地球外生命体だと……！」

「頭の具合は大丈夫か、チカ」

と遠田が言ったが、かまわずつづける。

「だってパンダの赤ちゃんって、思ったよりも成長が遅いんですよ。生後百日ぐらい経っても、まだもごもごしてるんです。生まれてすぐに駆けまわる鹿とかとはおおちがいです。

さらに、パンダのお母さん！　双子はふだんは飼育員さんがお世話をしているのですが、お母さんと対面するときもあります。お母さんは赤ちゃんパンダの尻尾をくわえて持ちあげ、赤ちゃんの頭を下にして抱っこする。尻尾がちぎれそうだし、あんなことしたら頭に血がのぼっちゃいます。

ものすごく不器用で、なんなら自分が生んだのが双子だって気づいていないのではと思いました。赤ちゃんは交互に一匹ずつお母さんと対面してるけど、お母さんは赤ちゃんが別人ていうか別パンダだとわかってない感じなんです。そしてまた頭を下にして抱っこ……！」

「速い速い速い、追いつかねえからちょい待て」

「あれでは到底、双子の面倒を一度に見られないと思いますし、動物園ならまだしも、厳しい野生の環境で、どうやっていままで繁殖や子育てをしてきたんだろうと疑問に感じました。しかもテレビで言ってたんですけど、パンダの発情期って一年に二日だかしかなくて、その機を逃さず交尾しても、なかなか妊娠がむずかしいそうです。中国の広大な山野で暮らしているパンダは、いったいどうしていたのでしょうか。そんなタイミングよく、気の合う相手と行きあえませんよね？　発情期が一年に二日って、いくらなんでも少ないし短すぎませんか。おかしいと思いました。」

「そういう動物、ほかにもいるような気がするがなあ」

「なんだか地球で生きるのに向いてなさそう。そう思った瞬間、真実がわかったんです。パンダは地球の生まれではないのだと。だから笹を食べるときも、あまりおいしそうじゃないんですよ。もっとほかに口に合うもの——私はそれは宇宙エネルギーを凝固させたスティックタイプのダークマターだと思うんですけど——があるのに、地球では手に入らないから、渋々笹を食べてるんです。それですべてに納得がいきます。赤ちゃんを逆さに抱っこしちゃうのも、パンダの故郷の星では重力がないから、向きなんて気にしなくていいんです。

私はなぜ自分がこの世に生を受けたのか、ようやく悟りました。パンダを生まれた星に還してあげるためです。ひょんなことで——どんな『ひょん』なのか、詳細は秘されているのでまだわかりませんが、たぶん隕石《いんせき》が関係していると私はにらんでいます——地球にやってきてしまったパンダ。かれらは慣れない環境の地球で苦しんでいます。遠い故郷を思って哀しんでいます。『かわいい』とか言ってる場合じゃないのです。

全世界の動物園だけでなく中国政府もアメリカ政府も日本政府も、パンダが地球外生命体だと気づいているのに、かわいくて地球にとどまってほしいから、見て見ぬふりをしています。パンダのかわいさを搾取《さくしゅ》するのはもうやめてもらいたい！

私は今後、パンダを保護し、星への帰還を進める活動に取り組みます。ＪＡＸＡやＮＡＳＡにも掛けあわなければいけないので、忙しくてタッくんとは会えなくなってしまうかもしれませんが、私は使命のもと、正義の活動に邁進《まいしん》するのですから大丈夫。どうか心配しないでくださいね。よかったらタッくんも、パンダたちを守ってあげてください。


サリリより」


「大丈夫じゃねえよ。大丈夫なのか、チカ。なんの電波を受信してるんだ」

と、しまいまで書き終えた遠田がうめいた。便箋がたりず、最後の一枚の末尾のほうは文字が極端に小さくなり、裏面にまでつづいていた。それでも文字は端整さを維持しており、臙脂色とあいまって、なんとも不安をかき立てる仕上がりだ。

「真面目で常識的だと思われていたひとが、急におかしな陰謀論にはまって、話がまるで通じなくなってしまったというのは、昨今しばしば耳にしますから。まあこういうこともあるかなと」

俺はパンダ地球外生命体説をなんとかまとめられてホッとし、とっくに冷めた玄米茶を飲んで喉を潤した。遥人くんとちがって共感しにくかったサリリだが、それでも自分なりになりきるうちに脳が高速回転する感覚があって、すべてを語り終えたいま、心地よい疲労で頭の芯がぼんやりしていた。

「たしかに、つきあってる女がこんなこと言いだしたらドン引きだけど」

遠田は便箋をきっちりと折り畳み、封筒に収めた。サリリに内容を確認してもらうためだろう、封はせずに文机に置く。

「どうする？　『なんでも受け止めるマン』が、またなんでも受け止めて、『僕も星への帰還活動に参加するよ』なんて言いだしたら」

「そのときこそ、ちゃんと別れ話をすればいいんじゃないですか。親しいひとがわけのわからない主張をしはじめたら、心配して、『それはちがうんじゃないか』と、まずは思いなおしてくれるように説得するものでしょう。このパンダ説すらも平然と受け止めるのなら、遠田さんが言ったように、タッくんは極めて怠慢だし、サリリのことを真に案じたり愛したりはしていないのだと思えてしまいますね」

「たしかに。ひとを試すのはどうかと思うが、ま、あとは牛肉の女の判断だな」

遠田は眠っているカネコ氏を畳に下ろした。代筆のあいだ身動きが取れず、脚がしびれたらしい。文机を脇に寄せて膝をのばし、ふくらはぎを揉んでいる。

「しかし、パンダねえ。どっから湧いた発想なんだ」

遠田は含み笑いをした。「俺は書きながら、『ああチカのやつ、遠いところに旅立っちまったんだなあ』って頭痛がしてきたぞ」

強いて言えば、天啓は常にたいしたことがなく調子っぱずれなものである、という秋天で得た経験と、カネコ氏の福々しいフォルムがヒントになった。ただ、パンダとは不思議な生き物であると思っていたのも事実だ。

「先月、私は銀行の窓口で順番を待っていたのですが」

「なんだよ、またおかしなこと言いだすんじゃねえだろうな」

「大丈夫です。たぶん」

「すでに充分おかしいけどな。いまどき銀行の窓口に用なんかあるか？　株だってネットで売買できるんだろ」

「あいにく投資はやってません。家賃を自動振込にしてるんですが、部屋の契約更新に合わせて二年を一区切りにしていまして、しかし今回は引っ越しをしなかったので、自動振込の継続手続きのために、銀行の窓口へ行く必要があったんです」

「おいおいおい、やっぱおかしいぞ。わざわざ自動振込？　ＡＴＭで毎月振り込むより、手数料高いんじゃねえのか」

「はい。でも職場がシフト制なせいか、曜日や日付の感覚があやふやになってきて、月ごとに自分で振り込む形だと、ついつい支払い日を忘れてしまうんですよ。家賃を滞納しないため、やむをえません」

「真面目なんだかズボラなんだかわからんな」

遠田はやっと脚を揉むのをやめ、玄米茶を飲み干した。

「とにかく、その銀行の待合スペースにはモニターがありまして、癒し映像ということでしょうか、パンダの赤ちゃんの成長の様子が流れていました。内容的にはさきほど語ったとおりのもので、どうもパンダとは不思議な生き物だなあと。こんなにのんびりした具合で、いままで絶滅しなかったのは奇跡だと思いましたし、そんなパンダを大切に見守り育てているみなさんには、頭の下がる思いがしました」

「おまえ……、変わってんな」

「そうでしょうかね。パンダのちょっと不器用で生きづらそうなところが、みんなの共感を呼ぶんだなと、私は感慨とともに得心しましたが」

庭に射す日が、秋の午後の淡い色に変わっていた。腕時計を見たら、すでに一時半だ。すっかり長居をしてしまった。けれど、朝から酒を飲みながらすき焼きを食べ、一緒に手紙の代筆を終えたいまとなっては、なんだかあっというまに時間が過ぎたように感じられた。強引に呼びだされ、最初はあんなに居心地が悪かったのに、気心が知れた友人と会ったかのような感触だけが残っている。

たぶん遠田が、あまりひとに気をつかわせない雰囲気を持っているからだ。だが、遠田が実はひとをよく見ていて、わりと周囲に気を配る人物なのだということにも、今回の訪問で俺は気づけた。常に自分のペースで話を運び、勝手放題をしているようでいて、適切なタイミングで鍋に肉を追加したり、俺のコップに酒を注ぎたしたりと、遠田は俺をもてなすためのさりげない振舞いを怠《おこた》らなかった。

いったいどういうひとなんだろうなあと、俺ははじめて本当の意味で遠田に興味を抱いた。これまでは単なる仕事相手として事務連絡をしたり、渋々ながら代筆を手伝ったりしていただけだったが、じゃあどうして遠田は、俺に手紙の文案を考えさせることにしたんだろうと気になってきた。でも、答えはたぶん、「たまたまそこにいたから」だと推測はついたので、改めて聞きはしなかった。

盆に載せておいたうまい棒サラミ味を手に、

「そろそろおいとまします」

と俺は切りだした。「帰るまえに、洗い物をしていきましょうか」

「いらんいらん。鍋を洗うぐらいで、使う食器が少ないのがすき焼きのいいとこだ」

「すっかりご馳走になりまして、ありがとうございました」

「こっちこそ助かった。招待状の封筒はちゃんと発送するから安心しろ」

積まれた長机から俺がジャンパーを取るのに合わせ、遠田もどっこいしょと立ちあがった。

「代筆の依頼が入ったら連絡する」

「けっこうです」

と言いつつ、なしくずしに手伝うことになる予感がした。ともに手紙の代筆をするあいだは、たとえるなら俺がパソコンで遠田がプリンター。両者は無線でつながっていて、性能フル稼働でひとつの作業に取り組んでいる。そんな、一心同体になったかのような不思議な感覚がある。そのせいもあって、俺はなんとなく遠田に気を許しはじめていた。

カネコ氏を抱いた遠田は前回同様、律儀に玄関までやってきて俺を見送った。

俺が靴を履くあいだ、手持ち無沙汰そうにカネコ氏の背を撫でていた遠田は、ふと思い立ったように、

「そういや、チカはパンダの現物を見たことあるのか?」

と尋ねた。パンダの現物とはおかしな言いまわしだが、生で見たことがあるかという意味だろう。

「小学校五年生だったかのとき、一度だけありますね」

と答えた。「親戚の結婚式があって、家族で東京に出てきたついでに、上野《うえの》の動物園で」

「どうだった。地球外生命体っぽかったか」

「こちらにお尻を向けて寝てました」

「そりゃ充分リラックスして、地球の暮らしに適応してるってことだな」

「はい、たぶん地球生まれですよ」

俺たちは顔を見あわせてちょっと笑った。

「遠田さんはパンダを見たことないですか?」

「ないなあ。動物園自体に行ったことねえかも」

遠田はなんでもないふうに言ったので、俺は驚きを顔に出さないよう努めた。

子どものころから日本に住んでいたと仮定して、そんなことがありえるだろうか。親が忙しくて動物園どころじゃなかったとしても、学校の遠足は？　上野ほどとはいかなくとも、町に小さな動物園がある地域だって多いだろう。友だちや交際相手と遊びにいくときも、動物園は候補のひとつに入るはずだ。それなのに、一度も行ったことがないなんて。

じゃあ今度一緒に行きましょう。遥人くんを誘うのもいいですね。俺はそう言いたかったが、そこまで親しい仲でもないかとためらいが生じ、遠田の触れてほしくないところにまた触れてしまうのではないかとも思えて、結局、「では失礼します」とぎこちなく辞去の挨拶をした。

遠田は俺の一瞬の驚きと逡巡には気づかなかったのか、

「また来いや」

と明るく言った。遠田の腕のなかから、カネコ氏が水晶のように透明な目で俺を見ていた。ジャンパーのポケットに入れたうまい棒が枯れ葉みたいにかさかさ鳴った。暗渠の小道を抜けて下高井戸駅へと歩くあいだ、俺は遠田について考えた。

どういう人物なのかは、よくわからない。ただ、どこかさびしいひとだと思う。一人暮らしだとか、書道教室が盛況のようで生徒にも慕われているらしいとか、本人は極めて脳天気かつ豪放に見えるとか、そういう表層とはかかわりのない次元で、遠田は我々とは隔絶した場所にいるのではないか、と感じられる瞬間がある。

墨の香りがほのかに漂う、あの静かで古い家がそう思わせるのだろうか？　会話も食事もし、一緒に手紙の代筆までしているのに、遠田と相対しているとごくたまに、こちらの常識や感覚や言語がまったく通用しない存在なのではという気持ちになる。それこそ遠田は遠い星から来た生命体で、必死に地球人に擬態し、我々が思う「日常」に順応しようとしているだけなのかもしれない、などと。

馬鹿げた空想だ。でも、まわりとは決定的にちがう部分を隠しながら、「ふつう」を演じなければならないとしたら、それはどんなにつらくさびしいことだろう。

もちろん遠田にかぎらずだれにでも、だれかとちがう部分は必ずある。それでも、まわりと合わせたり、合わせきれずにはみだしたりしながら、生きていく。俺が子どものころ動物園で見たパンダも、こちらに尻を向けながら、きっと故郷の山を思い出していたのにちがいない。

少し風が出てきて、ジャンパーを羽織っていても肌寒かった。

三

年末年始は例年どおり仕事が忙しく、もちろん有馬記念には行けなかったし、大晦日《おおみそか》から元旦にかけては夜勤が入っていた。

子どもがまだ小さいスタッフは、日勤を中心にシフトが組まれることが多いし、夜勤に入るとしても、クリスマスや正月といった行事のときは家族と過ごせるよう、仲間内でなるべくやりくりする。必然的に、俺みたいな独り者は夜勤が増えがちになるが、個人的にはありがたかった。そのぶんの手当てももらえるし、繁忙期以外で急にシフトを代わってほしいときも、「続《つづき》さん、このあいだ夜勤に入ってくれたから、私がやろうか」と手を挙げてくれるひとがいる。

それに俺は、夜の三日月《みかづき》ホテルが好きだった。ルームサービスのご注文があったり、まれに体調を崩すお客さまが出たりと気は抜けないが、客室から眠りの気配が波のように広がっていき、ホテル全体が静けさに包まれるのを感じると、なんだか幸せな気持ちになる。お客さまの安眠を守る番人になったような気もして、身が引き締まる思いもする。

夜勤の同僚と手分けして、フロントの明かりを絶やさぬようにし、館内に異状がないか見てまわる。火の元や共用スペースの戸締まりを確認し、その合間にロビーから、新宿中央公園の暗い森と、夜間でもすべての窓が消灯しきるということのない高層ビル群を眺める。事務室で書類仕事を片づけるときもあれば、設備点検をしにきた業者のひとと世間話をすることもある。お客さまが眠るあいだも、三日月ホテルは当然ながら息づいている。

一月一日の朝、俺は身だしなみを確認したのち、料理長渾身《こんしん》の「レストラン『クレセント』特製おせち」を客室にお届けしてまわった。事前にご注文のあった宿泊客のかただけに振る舞われるおせちで、食べきりサイズの小さな重箱に、和洋折衷のオードブル的な料理が彩りよく詰められている。完全に和風な鰹出汁《かつおだし》の雑煮《ぞうに》椀《わん》と、フルートグラスに入ったお屠蘇《とそ》がわりの日本酒かフレッシュジュースもついてくる。お部屋でゆったりと正月気分を味わえると大人気で、これを目当てに三日月ホテルで毎回年越しをしてくださる常連さんが多い。

もちろん、レストラン「クレセント」で通常の朝食メニューを召しあがるお客さまもいる。そちらの様子もうかがおうとレストランに顔を出すと、お正月らしさを演出すべく、各テーブルの小さなガラスの花瓶に、赤い実をつけた南天《なんてん》の小枝が活けてあった。さすが、厨房《ちゅうぼう》のみならず店内のすべてに目を光らせる料理長の采配にぬかりはない。早朝から出勤していたレストランのホールスタッフと無言でうなずきあう。

三が日をホテルで過ごすお客さまもいれば、元日でお帰りになるお客さまもいる。年末年始はイレギュラーな業務も多いわりには、スタッフの数がどうしてもそろいにくい傾向にあるため、俺は昼のチェックアウトまでこなし、お客さまをお見送りしてから仕事を上がった。

帰るまえに事務室に寄ると、ホテル宛に届いた年賀状がデスクに積んであった。常連客や取引先から届いたものだ。俺はパソコンの年賀状リストを開き、ホテルからの年賀状を出しそびれているひとがいないかを確認する。水無瀬《みなせ》氏の奥さまからは、昨年のうちに喪中ハガキをいただいており、「来年もいつもの日に、娘一家とうかがうつもりです」と直筆で書き添えてあった。俺たちスタッフとしても、ありがたくやる気の出るお言葉で、支配人が返信をしたためていた。

年賀状を仕分けした結果、十三枚ぶんの年賀状を作成する必要があると判明した。リストに手早く情報を加え、ホテルで作った年賀ハガキに住所と氏名をプリントする。

今年の年賀ハガキは、三日月ホテルの全景が淡い水彩画で描かれたものだ。ホテルの上空部分に挨拶文と「謹賀新年」の文字が印刷されている。この「謹賀新年」は、遠田《とおだ》に書いてもらった。つきあいのある筆耕士《ひっこうし》に、毎年順繰りに依頼するようにしているのだ。遠田も喪中なのに、こんな依頼は申し訳ないかなと思ったのだが、電話をしたら「あー、いいぞ」と拍子抜けするほど気軽に引き受けてくれた。

ちなみに筆耕士は、さすが文字のプロというべきか、年賀状もなおざりにせず毎年送ってきてくれるひとが多く、華やかだったり隆々としていたりする筆跡を眺めるだけで楽しい。遠田はふだん、どんな年賀ハガキを出しているんだろうと思ったが、喪中ハガキも来なかったし、たぶん年賀状のやりとりなど、面倒くさがってもともとしていないのだろう。

遠田の「謹賀新年」は、新春の空で若い龍が遊んでいるかのように、やや線がうねって軽やかだ。

俺は実はすき焼き以降、昨年内に二度、遠田書道教室を訪れていた。

一度は「謹賀新年」を書いてもらうためで、遠田は俺の見守るまえで半紙に何パターンかしたため、俺はそのたびに、墨がゆらめき新しい年を言祝《ことほ》ぐ龍の姿が浮かびあがる思いがして、感嘆の声を漏らした。書道教室の先生や筆耕士としてはもちろんだが、やはり書家として、遠田の腕前はすごいものなのだと、門外漢の身でもつくづく感じさせられた。当の遠田はといえば、

「こういう飾り文字っぽいもんを書くと、『軽薄なことしおって。基本に忠実に、虚心坦懐《きょしんたんかい》に！』ってじじいに言われたもんだけどな」

と筆の尻でこめかみを掻いていた。「ま、正月ぐらいいいだろ。じじいにはあの世で怒っといてもらおう」

俺は墨が乾くのを待って、数枚の半紙をファイルに入れて持ち帰り、事務室に貼りだした。どの「謹賀新年」を年賀状にプリントするかは、支配人も含めた全スタッフに票を入れてもらって決めたのである。スタッフは「甲乙つけがたい」と悩みながらも、楽しそうに投票していた。ちょっとしたレクリエーションにもなってよかった。

もう一度はついこのあいだ、十二月三十日のことだ。年末の忙しさも頂点に達しようかという頃合いで、遠田書道教室に行っている場合ではなかったのだが、「忘年会やるから来いよ」と呼びだされ、日勤のシフトが終わった午後にのこのこ出かけてしまった。どんどん遠田に懐柔《かいじゅう》されているようで不甲斐ない。

三日月ホテルのロビーに飾られた特大の陶器の花瓶には、クリスマスの翌日から正月ふうの花を活けてある。ホテルと長年つきあいのある華道家が手がけた、松の枝や紅白の椿の花などを配

した豪華なものだ。三十日には華道家が改めてホテルに来て、花瓶のアレンジメントの状態をチェックし、エントランスや柱の正月飾りの監修もしてくれた。華道家の指示のもと、俺たちスタッフはえっちらおっちら大きな門松の位置を調整し、柱にはしごを立てかけて花や橙《だいだい》があしらわれた水引を取りつけた。小規模なホテルの場合、業者や重機を派手に駆使するのは予算的にむずかしい。お客さまの邪魔にならないよう心がけつつ、なんでもスタッフでこなさなければならないから大変だ。

華道家が飾りを万端そろえてくれたおかげもあって、なんとか予定どおりにことが運び、俺は痛む腰をさすりながら遠田書道教室へ向かった。

遠田の言う忘年会とは、「おやつ大会」だったようだ。一階の六畳間と八畳間をぶち抜きにし、長机を畳んで端に寄せた空間に十五人ぐらいの小中学生が集まって、ジュースを飲んだり駄菓子を食べたりしながら、かまびすしくしゃべっていた。カネコ氏はどこかへ避難してしまったようで、姿が見当たらない。

集まったなかには遥人《はると》くんもいた。遠田に出迎えられて部屋に足を踏み入れた俺に気づき、

「ツヅキさん！」

と、すぐに駆け寄ってきてくれた。「夏には手紙、ありがとうございました」

「こちらこそ、うまい棒をごちそうさま。サラミ味をいただいたよ」

「今日もうまい棒あります」

遥人くんが指したほうを見ると、床《とこ》の間《ま》を背に、遠田が畳にどっかりと腰を下ろしたところだ

った。遠田のまえには大判の毛氈《もうせん》が敷かれており、うまい棒やら味つきのイカやらプラスチック容器に入ったラムネやら、さまざまな駄菓子が並んでいた。それぞれの菓子のパッケージには、テープでタコ糸がくっつけられていて、糸はあみだくじのように複雑にうねり、絡まりあいながらのびている。糸の先端を「これ」と選び、たぐっていって、欲しい菓子につながっているかどうかを楽しむ趣向らしい。縁日の屋台みたいだし、毛氈のうえのお菓子の番をしている遠田は、作務衣《さむえ》姿なこともあってテキ屋みたいだ。

「一人三回まで引けるんです」

遥人くんはズボンのポケットから、小さな紙切れを取りだした。立ち食い蕎麦屋の食券サイズで、「おかし券」と達筆でしたためられている。遠田の手づくりだろう。遥人くんは一回お菓子と引き換えたようで、手もとには二枚しか残っていなかったが、そのうちの一枚を、

「ツヅキさん、使いますか」

と差しだしてきた。

「いいよいいよ、遥人くんが食べて」

何回か遠慮してようやく、遥人くんは「おかし券」をポケットに戻す。なんて優しい子なんだろう。俺はしみじみと遥人くんを眺めた。夏に会ったときより、少し背がのびたようだ。

「気になってたんだけど、土谷《つちや》くんとは連絡取ってる？」

「はい。あの手紙は土谷が読んだ瞬間に、『これ、だれに書いてもらった？』って言われましたけど」

と遥人くんは笑った。「月に一度は文通して、石の情報をやりとりしてます」

やっぱりバレたか。

「役に立たなくてごめん。ぎりぎり結果オーライってことにしてもらえるかな」

「もちろんです」

遥人くんは真剣な顔つきでうなずく。「土谷は『銀河鉄道の夜』を読みなおしてみるって言ってました。僕も、ツヅキさんと若先《わかせん》に頼んでよかったと思ってます。僕だけじゃ、いつまで経っても手紙は書けなかったと思うから」

そう言ってもらえて、俺も心が軽くなった。同時に、もっとクオリティの高い内容を思いつけるようにならなければなどと、謎の向上心が湧いてきたから不思議だ。俺は代筆屋ではない、ホテルマンなのだ、と自分に言い聞かせた。

遥人くんは友だちに呼ばれて輪のなかへ戻っていき、俺は遠田のそばに座る。

「『謹賀新年』、スタッフにも好評でした。ありがとうございます」

「そうか、そんならよかった」

「こういう忘年会、毎年やってるんですか」

「じじい主催で、紅茶飲みながらクッキー食う会だったけどな。じじいがおっ死《ち》んじまったのを機に、やめようかとも思ったんだが、ガキどもは楽しみにしてるみたいだったし、俺もうまい棒食いたかったから」

なるほど。それで「おかし券」をわざわざ作り、くじ形式の駄菓子パーティーにしたのか。なんだかんだで生徒思いの、いい先生である。

小学校中学年ぐらいの男の子が毛氈に近づいてきて、「おかし券」を遠田に渡した。

「まいど、一回な」

男の子は緊張の面持ちでタコ糸を引き、

「あー！　またよっちゃんイカだ！　俺今度はヨーグルがよかったのにー」

と天を仰いだ。

「イカもうまいんだろ？　文句言わず食え」

「そうだけどさあ。若先、ほんとにヨーグルに紐《ひも》つけてある？　ちっちゃいからって面倒がって、ただ置いてあるだけなんじゃないの」

「てめえ、営業妨害すっとタダじゃおかねえぞ」

俺も実物を見たことはないが、噂に聞く昭和のテキ屋さながらにすごんでみせた遠田は、「ヨーグルってのは……、これか」と小さな壺状の容器を毛氈から取りあげ、

「おまけだ」

と男の子にあげた。ヨーグルには本当にタコ糸がつけられておらず、男の子と俺は思わず声をそろえて、

「ついてない！」

と見たままを指摘してしまった。

「たまにはそういうこともあるんだよ。細けえこと言うな」

遠田はしれっと開きなおった。「チカも一個なら好きなの食っていいぞ」

お言葉に甘え、うまい棒サラミ味を選んだ。ぽふぽふと味わいながら、室内を走りまわったり、トランプで遊びはじめたりした子どもたちを眺める。遠田書道教室では、ゲーム機を鞄から出してはいけないのだそうだ。

「じじいが作った古くさい掟《おきて》だよ」

と遠田は言った。「でもま、ここは書と向きあう場所だから。今日は駄菓子と向きあってるけど」

遠田もうまい棒サラミ味を食べ、からになった袋を畳んで結んだ。庭の桜はすっかり葉を落とし、生垣にぽつぽつと咲く薄紅色のさざんかの花が、灰色の冬の空に映えていた。

「サリリから、なにか連絡ありましたか」

「それがなあ、つい三日まえぐらいに電話があったんだよ」

思い出した、とばかりに遠田は軽く膝を打った。「代筆した手紙を送ったっきり、なんの音沙汰もないから、『こりゃパンダと一緒に星に還っちまったんだな』と思ってたんだが。なんとタッくんと、結婚するかもって話になってるらしい」

「ええー!?」

急展開で、さすがに俺も驚きを禁じえなかった。「この一カ月半ほどのあいだに、いったいなにがどうなったんです」

「あの手紙を読んでも、タッくんはなに食わぬ顔で牛肉の女の部屋に来て、『そうか、パンダがねえ』なんてぬかしやがったらしい。それで女も、自然消滅を狙うつもりだったのにブチ切れて、『パンダがなんだってのよ！　あんなバカな話に、なんか思うことないの⁉』と詰め寄った」

バカな話を考案した俺としてはいたたまれない思いがするが、とにかくサリリはタッくんに不満をぶちまけ、タッくんは「わかった、これからはちゃんとサリリの気持ちを聞いて、話しあうようにするから」と受け止めた。それで二人の仲はますます深まり、夏ぐらいには結婚したいねということになっているらしい。タッくんの受け止め力の勝利と言えよう。

「なんだったんでしょうか」

と俺はつぶやいた。「職業柄、理不尽な要求にも慣れているほうだと思っていたのですが、さすがになんだか腹が立ってきました。巻きこまれ損というか」

遠田は「まあまあ」と俺をなだめ、

「なにがどう転ぶかわからねえって点では、実際に発した言葉も、代筆した手紙もおんなじさ」と言った。「牛肉の女だって、いまはよくても夏までのあいだに、またタッくんへの鬱憤《うっぷん》が溜まるかもしれねえわけだし」

「いえ、私だってなにも、お二人の不幸を願ってるわけじゃないですよ。うまくいったなら、それに越したことはないと思ってます」

「そう？　つぎの地球外生命体について考えとけよ」

と遠田は唇の端で笑ってみせた。遠田も、サリリとタッくんを「理解できんなあ」と思っていることがうかがわれたが、俺が代筆の片棒かつぎを続行するのが前提の物言いはよしにしてもらいたい。

遠田は子どもたちにお土産として駄菓子をふたつずつ選ばせ、忘年会はおひらきとなった。それでも余った駄菓子をあてに、二階の仕事部屋に移動して二人でちびちびと日本酒をやった。また昼酒を飲んでしまったと思ったが、さして会話がなくても気詰まりにはならなかった。遠田とはますます古くからの友人めいてきて、実家のような雰囲気を醸《かも》しだすこの家の魔力かなあなどと、箪笥《たんす》のうえの亡き遠田夫妻の写真に向かって何度目かの献杯をしながら、俺はぼんやり考えたのだった。少々酔いがまわっていたのだろう。釧路《くしろ》の俺の実家はマンションだ。

遠田書道教室では新年に、三日間にわたって書き初め会を行うのだそうだ。忘年会とちがって、高校生以上の大人の部の生徒も都合のつく日に参加し、一年の抱負や、漢詩や和歌など、思い思いの言葉を書くらしい。

「チカもやってみたらどうだ」

と遠田に誘われ、興味はあったが断った。一月半ばに帰省する予定で、それまではシフトが混んでいたからだ。

「そうか、じゃあ書き初めは再来年にな」

遠田はあっさり引き下がった。仕事上のつきあいだけのはずだったのに、そんなさきの約束まで。絶望すると同時に楽しみなような、言語化しにくい心持ちがした。一言で言えば、途方に暮れた。

俺はやっぱり、どうして俺を呼びだしたり、書き初め会に誘ったりするんですかと、遠田に尋ねたかった。遠田の交友関係をまるで知らないが、書道教室での生徒たちへの接しかたなどを見るかぎり、だれとでも親しくなれそうだし、遠田を敬遠するひとはさほどいないのではないかという気がする。いくら俺が代筆の文案を考えつけるといっても、所詮《しょせん》は素人だし、もっとほかに向いているひとがいるだろう。わざわざ俺にマメに声をかける理由がわからない。

もし、俺の保持する「話しかけやすい」体質というか特技というかが原因なのだとしたら。教室がないときの遠田は、華のある外見や朗《ほが》らかな雰囲気とは反対に、ひとづきあいをあまりせず、康春《やすはる》氏亡きあとはカネコ氏だけを相手に、この家で黙々と過ごしているのかもしれない。それで気晴らしをしたくなると、話しかけやすい俺を呼びだすのだ。

だとしたら、俺の体質がお役に立ってなによりだ。

俺はほとんど諦めの境地で、なおも遠田と酒を酌み交わし、夕方に帰路についた。カネコ氏は結局、姿を現さないままだった。

「今日は特に騒がしかったから、拗《す》ねて風呂場にでもいるんだろ」

と遠田は玄関先で笑った。「じゃあな。また来いや」

「よいお年をお迎えください」

養子だという遠田の出身はどこなんだろうとふと思ったが、それもやはり聞けなかったのだった。

そういうあれこれが年末にあって、迎えた元日。シフトが明けた俺は、追加でプリントした年賀状をポストに投函し、曙橋《あけぼのばし》のアパートへ帰った。ほかの住人は帰省したのか寝正月を送っているのか、昼下がりのアパートは静まりかえっていた。

もちろん、我が家には正月飾りなどはない。エアコンを「強」にして部屋が暖まるのを待つあいだ、ヤカンを火にかけ、カップうどんに湯を注ぐ。買い置きのパックの切り餅を小皿に載せてレンジでチンし、ちょっとトロッとしたところで、うどんに投じた。なけなしの正月気分を味わうためである。

簡単な食事を終え、風呂に入ったのち、郵便受けから取ってきておいた年賀状を眺める。釧路の高校時代の友人から数枚、札幌の専門学校時代の友人から数枚。べつのホテルに転職した元同僚から一枚。あとは原岡《はらおか》さん。毎年年賀状をやりとりしている面々で、遠田の交友関係を云々《うんぬん》するまえに、自分の友人知人の少なさについて一考したほうがいいのではないかという気がした。

だがまあ、俺は学生時代から、人間関係は狭く深く派なのだ。職場のつきあいには、業務に影響が出ないよう、それなりにそつなく応じているつもりだが、それ以外の局面では、本当に気の合うひとと交流すればいいと思っている。遠田のようにまだ数度しか会っていないのに、なにがなんだかわからないまま巻きこまれるように距離が縮まるのは、俺にとっては例外的なケースだ。

釧路の友人の年賀状には、「年明け帰ってくるんだって？　日程わかったら連絡して」とあった。原岡さんの年賀状には、「有馬大敗」と悲嘆のにじむ文字で記されていた。奥さんと三人のお孫さんと一緒に撮った笑顔の写真がプリントしてあって、落差がすごい。

むろん、原岡さんの報告は無念としか言いようのないものであるが、それはそれとして、俺は一人、顔をほころばせた。うまい下手とは関係なく、肉筆からそのひとの声が聞こえてくるかのようだ。こんなこと、以前は思いもしなかった。遠田が生みだす多種多様な筆致を目の当たりにして、筆跡ごとに異なる「声」を感受するアンテナの精度が上がったのだろう。

だが、たとえば遠田がなりきった筆跡それぞれの声は聞こえるが、遠田自身の声は、もしかしたら一度も聞いたことがないのかもしれない。遠田本来の書風がどういうものなのか、俺はいまだに知らずにいる。

俺は友人のグループLINEに、新年の挨拶と帰省する日程を送った。ぽこぽこぽこと返信が表示される。何度かのやりとりで全員の予定と意向が一致し、さっそく地元の居酒屋に予約を入れてくれるとのことだった。

原岡さんはLINEはしていない。正月早々、電話をするのも迷惑かもしれないし、有馬での傷心を慰めるため、釧路から魚でも送ろうと心にメモした。

エアコンをつけたまま万年床にもぐりこみ、まだ昼間だが眠りに就く。一人で過ごす正月でも、年があらたまったというだけでなんとなくすがすがしい気分になるから不思議なものだ。夕飯の時刻には起きて、初詣をしがてら近所の牛丼屋へ行こう。


シフトを調整してもらい、溜まっていた有休を使って、予定どおり一月半ばの木曜から日曜まで釧路に帰ることができた。

三年ぶりとなる釧路空港から一歩外へ出た瞬間には、こんなに寒かったっけと縮みあがり、耳がちぎれたのではと思ったが、迎えにきてくれた兄の奥さんが運転する車に乗りこむと、あとは快適なものだった。そういえば北海道は住宅も店舗も公共交通機関も暖房がばっちりだったと思い出し、曙橋のアパートのほうが断然冷えるなと感慨にふけった。

釧路は雪が少ないほうだが、義姉によるとこの冬は特に降らないそうだ。たしかに、両親の住むマンションへ向かう途中、畑がうっすら雪に覆われているぐらいで、道自体に積雪はなかった。

義姉は育休中で、昨春に生まれた春海《はるみ》ちゃんは、俺の両親に預けてきたとのこと。四歳になる夏生《なつお》くんは保育園に行っているらしい。

車内で義姉の話を聞いていて、俺は驚いた。

「えっ。育休中は、上の子は保育園に通えない場合があるんですか」

「そうそう。うちは運がよかったの。たまたま保育園が定員いっぱいじゃなかったから、継続して夏生を預かってもらえたけど。一度退園して、育休明けに下の子と併せて、また改めて保育園を探さなきゃいけないこともけっこうあるらしいよ」

赤ちゃんの世話は大変だから育休制度があるのだと思うが、そこに怪獣のようなお年ごろの上の子が加わったら、いっそうのカオスが出現してしまうだろう。おかしな仕組みだ。それを言ったら、自営業など会社で働いていない場合はそもそも育休が適用されず、赤ん坊と上の子の面倒を一日じゅう見なければならなかったり、赤ん坊を抱えて早い時間に上の子を幼稚園へ迎えにいったりということがざらにあるはずだ。こりゃ少子化にもなる。

三日月ホテルは老舗《しにせ》のメンツがあるのか、「お客さまへの笑顔のために、まずは従業員の笑顔から」を謳《うた》い文句に、福利厚生はしっかりしている。最近は男性スタッフも育休を取るようになってきて、やはり赤ん坊相手にもホテル勤務で培《つちか》ったホスピタリティは発揮されるらしく、「俺、けっこう子育てにも向いてたわ」と、みんな充実した表情で職場復帰する。とはいえ、保育園探しなどで苦労も多かったのだろうといまさらながらに推測され、産休育休を取った同僚たちにも、わざわざ迎えにきてくれた義姉にも、頭の下がる思いがした。

釧路駅近くのマンションでは、両親と春海ちゃんが待っていてくれた。両親は多少老けたが元気そうで、春海ちゃんはといえばぷくぷくに太ってかわいかった。生まれたばかりのときにLINEで写真を送ってもらっていたが、早くも九カ月となり食欲旺盛、生えかけの歯と歯ぐきを使って離乳食をたいらげているそうだ。

「大きくなったねえ」

おそるおそる抱きあげると、春海ちゃんはきゃっきゃと笑った。うーむ、カネコ氏よりもずっしりしている。

「やっぱり大きい!?　太りすぎかな」

と義姉は嘆じた。「このままだと相撲部屋からスカウトが来ちゃうかも。女の子なのに」

「いいじゃないですか、女性がお相撲さんになったって」

と俺は言い、

「そうよ、春海ちゃんなら幕内も夢じゃないと思う」

「いまから『化粧まわし貯金』をしとかないとな」

と両親も同意した。

「そっかー、そうですよね」

義姉は笑顔になって、春海ちゃんの頬をいとおしげに撫でる。親ばかにとどまらず、一族ばかと化しているが、かまうまい。赤ちゃんの愛らしさの威力にはかなわないのだ。

義姉が保育園に夏生くんを迎えにいき、会社から帰った兄も両親のマンションに顔を出して、みんなで夕飯を食べた。メインのおかずは大量の刺身と、母が揚げた芋コロッケだった。芋コロッケは俺の好物で、

「覚えててくれたんだ」

と言うと、

「そりゃそうよ」

と母は胸を張った。その直後、夏生くんも芋コロッケにかぶりつきながら、

「ぼくもばあちゃんのコロッケすき！」

と宣言したので、なるほど母の愛ではなく祖母の愛だったかと事情を察したが、まあありがたいことにはちがいない。ひさしぶりの味を堪能した。

夏生くんは最初、人見知りをして俺には寄りつかなかった。赤ちゃんのころに会ったきりだから、突然現れて「おじさんだよ」と言ったところで、警戒されて当然だ。でも、夕飯が終わるころにはすっかり打ち解けて、お気に入りだという子ども用の動物図鑑を俺に見せてくれるまでになった。「ライオン！　いっかいに四キロのにくをたべる！　たべない日もある！」「ユキヒョウ！　いちにちに十キロはいどうする！」などと、写真を指しながら解説もしてくれる。兄や義

姉がねだられて何度も説明文を読み聞かせるうちに、すっかり頭に入ってしまったらしい。

図鑑に見入る横顔が、子どものころの兄にそっくりだ。そう言ったら、

「うちでは、夏生は力《ちから》に似てるってよく話してるんだ」

「絵本も大好きなの。力さんみたいに読書好きになるかもねって」

と、兄と義姉は笑った。兄夫婦のあいだでそんなふうに話題に上っていることがあるとは思いもよらず、こそばゆい気持ちになった。

眠くなったのか春海ちゃんがぐずりはじめたので、兄夫婦はそろそろ引きあげるという。俺は急いで手土産を渡した。といっても、東京の名物はあるようでなく、いつも選択に困る。釧路にかぎらず、北海道はうまいものだらけなのだ。結局今回も、両親にも兄夫婦にも「三日月フィナンシェ」と、通販はしていない銀座のショコラトリーのアソートを進呈することになった。舌を嚙みそうだ。頭のなかでは、「そうだ、あのチョコ屋さんはどうだ?」と思いつき、実際に店舗に行ったときには、「チョコの詰め合わせをふたつください」と言った。

夏生くんには、遅ればせながらポチ袋に入れたお年玉をあげた。

「ありがとう!」

と礼儀正しく言った夏生くんは、義姉が止めるのも聞かずその場でポチ袋を開け、「いっぱい!」と喜んだ。百円玉が五枚なのだが……。自分が子どものころ、お札《さつ》よりも硬貨がたくさんのほうがうれしかったなと思い出し、なるべくぴかぴかした百円玉を選んだつもりではあるが、なんだか申し訳ない。

「あの、これも中身は同じなんですが」

と気恥ずかしい思いで、春海ちゃんのぶんのポチ袋も義姉に預けた。

「なんだか気をつかってもらっちゃって」

と義姉は恐縮し、

「春海の出生祝いも送ってくれたのに」

と兄も言った。「旅費もかかるんだし、こっちに帰ってくるときぐらい、手ぶらでいいんだぞ」

「うんまあ、新年でめでたいから」

と、照れくさくなった俺は理由にもならぬことをもごもご述べた。

兄一家は義姉の運転する車に乗りこみ、歩いて五分の自宅マンションに帰っていった。父と俺とで夕飯の洗い物をし、母が晩酌の準備をした。義姉はまだ授乳中だし、兄は子どもたちの面倒を見なければならないからということだったので、夕飯のときはアルコールはやめておいたのだ。しかし俺たちは全員、酒飲みである。

親子三人でシソ焼酎のお湯割りをやりつつ、会わなかったあいだの出来事をぽつぽつ語りあった。語りあうといっても、俺の「話しかけやすい」体質は両親に対しても発揮されるようで、俺は主に聞き役にまわった。話題は親戚の慶弔についてや、来年、父が定年を迎えるのを機に、このマンションを売ってもう少し狭い部屋へ移ろうかと迷っている、といったことだった。

「定年っていっても、親父まだ六十五だろ？」

と俺は言った。「再就職は考えてないの」

「知りあいの会社に声をかけてもらったから、そこであと五年は働くつもりだ。もちろん給料はがくんと減るが、週四日でいいという話だし」

「じゃあ、急いでマンションを売らなくてもいいんじゃないかな。ここは立地もいいし、通勤に支障がないんだったら、完全に仕事を辞めてから考えれば？」

「そうよねえ、お母さんもそう思うの」

と母がダイニングテーブルに身を乗りだした。「よっぽどいい物件が見つかったなら、話はべつだけど。売却と引っ越しありきであせる必要ないわよ」

家庭内で母の発言が一番重視されるうえに、俺の意見も母と同じだったため、「マンション売却は棚上げとするが、物件情報のチェックはひきつづき行う」と、父は当初の考えよりも大幅に後退した地点で妥協した。

「力のほうはどうなんだ」

と父は言った。「ろくに休めてないんじゃないか」

「お兄ちゃんたちも言ってたけど」

と母も案じ顔だ。「お土産だなんだって、気をつかわなくていいんだからね。東京は家賃が高いんでしょ？」

「俺、今年で三十六だよ。子どもじゃないんだから、そんな心配しなくて大丈夫だって」

「いや、子どもだろ」

「子どもよね」

と両親は顔を見あわせた。そうだが、そういう意味ではない。

おっさんと呼ばれても否定できない歳にとっくになっているのに、両親のなかでの俺は、家を出た十八のころか、もしかしたら五歳ぐらいで止まっているのかもしれない。一番風呂に入り、高校を卒業するまで寝起きしていた部屋のドアを開けた俺は、改めてそう思った。部屋はストーブで暖められ、きちんとベッドメイクされた寝具まで、布団乾燥機でほこほこにぬくもっていたからだ。ものすごい甘やかしようだ。

部屋自体も、見覚えのない健康器具や通販の段ボールがいくつか置いてあるほかは、俺が使っていた机も本棚もそのままで、掃除もこまめにしているようだった。並びにある兄の部屋をさきほど覗いたところ、そちらはさすがに半ば物置と化していたが、壁に貼られたドゥンガのポスターや、修学旅行で買った木刀など、なつかしい品が散見された。いまでこそ温厚な兄だが、かつては俺とちがって活発なサッカー少年かつ、少々かぶいていたのだ。

二人暮らしになった両親が、家族向けの間取りのこのマンションを持て余す気持ちも、なんとなくわかった。両親とも、俺に「結婚はどうするんだ」的なことを一度も言ったためしがなく、俺も東京で好きな仕事をして勝手気ままに暮らしているが、今後はそういうわけにもいかなくなるかもしれない。

親の老後について考えるときが来るとはなあ。というか、自分の老後も考えたほうがいいんじゃないか？　と思いつつ、ストーブを消してベッドに入った俺は、本棚から選んだ『僧正殺人事件』の再読に夢中になり、部屋の電気もつけっぱなしでいつのまにか眠りに落ちていた。

あくる金曜日は、母の買い物につきあってスーパーに行き、夜は高校時代の友人三人と居酒屋で楽しく飲み食いした。俺以外は結婚して子どももいたが、話しだすと気分は十代に戻ってしまい、最初は「車で来たから」とウーロン茶だったものも盛りあがりに我慢できずアルコールに移行して、深夜にようやくおひらきとなって、各々タクシーや代行で帰った。

土曜日は義姉が車を出してくれて、両親とともに郊外にある天然かけ流しの日帰り温泉へ行った。子どもたちと留守番をしていた兄も、夕方には食材を詰めこんだエコバッグを肩に提げ、両親のマンションにやってきた。春海ちゃんをスリングで抱え、はしゃぐ夏生くんの手を引いてきたため、冬だというのに兄は汗だくだった。ソファでへばっている兄をよそに、俺たちは手分けしてジンギスカンの準備を進め、換気扇を最大限稼働させながらみんなで食べた。春海ちゃんまでもが果敢に羊肉に手をのばそうとするので、ソファに退避させ、大人が交代であやさなければならなかった。それでも春海ちゃんはめげず、「だっ、まー！」とソファから羊肉を要求した。

日曜日は両親と散歩がてら釧路駅近くの海鮮市場に行った。そのころには話題も枯渇してきていたため、「おいしいね」「うん、うまい」とひたすら言いあいながら、ブランチとして炉端焼きのホタテやらカキやらホッケやらを食べた。会計のとき、母の財布を引っこめさせるのに苦労した。食後に市場をぶらぶら見てまわり、脂《あぶら》が乗っていそうなカレイとサバとシシャモのセットがあったので、原岡さん宛に配送を手配する。

駅前から空港行きのリムジンバスに乗りこむ。両親とは乗車まえ、

「体に気をつけてね」

「うん。兄貴たちにもよろしく。今度はみんなで東京にも遊びにきてよ」

「そうだなあ、三日月ホテルに泊まってみたいしな」

「あ、親父とおふくろまでなら社割利く」

といったやりとりがあったのだが、俺がバスの座席についてからもなかなか発車しないものだから、窓の外に立つ両親も「もう帰っていいのか、最後まで見送ったほうがいいのか」と迷うふうで、居心地の悪い空気が流れた。三分後にようやくバスが走りだし、車窓を挟んで手を振りあった。

釧路空港で職場用の土産を探す。地元のお菓子屋さんが作っている「あかり」に目がとまった。同じメーカーの「ゆうひ」という洋風饅頭《まんじゅう》は知っていたし好きだが、「あかり」もあったのか。店頭のＰＯＰによると、「あかり」は空港限定の商品で、ミルク餡《あん》とハスカップジャムが入った饅頭だそうだ。「満月をモチーフにした」とのことだから、月つながりで三日月ホテルにちょうどいい。二箱買い求めた。従業員全員に行きわたる量ではないが、そこは勘弁してもらおう。

自分の夕飯用に「さんまんま」も買った。炊き込みご飯のうえにどーんとサンマを一尾載せて、棒寿司のような形状にしたものだ。醬油《しょうゆ》の風味と、サンマとご飯のあいだに挟まれたシソが効いていて、東京にいるときも無性に食べたくなる。せっかく帰省したのだから、この機を逃す手はあるまい。

悩んだすえ、遠田にも「まりもようかん」を買うことにした。釧路に帰ると言ってしまったので、土産がないのは失礼だろう。

三時過ぎの便で釧路空港を発った。ふだん一人で暮らしている身からすると、ひさしぶりに家族と過ごすのは気疲れもしたが、充実した時間でもあった。

安定飛行に入った機体は、気流のせいでたまにふわふわ揺れる。窓の外は真っ白な雲に覆われてなにも見えない。曙橋のアパートまで三時間ちょっと。遠いようで近く、近いようでやっぱり遠い。はじめて下高井戸《しもたかいど》駅に降り立ったときの、夏の五叉路《ごさろ》を俺は思い出していた。

「あかり」は同僚たちに好評で、俺はまた帰省したら買ってくると約束した。原岡さんからもスマホに電話があり、おいしい魚のおかげでいまいちど馬と向きあう活力を得たとのことだった。なお、原岡さんの奥さんもおいしく魚を味わったが、活力を発揮する方向性に関しては異論があるらしい。

俺は再び日常に戻り、忙しく業務をこなした。「まりもようかん」は宛名書きの依頼があったときにでも、封筒と一緒に箱に入れて送ればいいと思い、事務室のパソコンの脇に置いておいた。しかし二月上旬のある日、なんの気なしにパッケージを手に取ってよく見てみたところ、「まりもようかん」の賞味期限は六十日間だった。一般的に羊羹の賞味期限は一年ぐらいだろうと思い、呑気《のんき》にかまえてしまっていた。

俺は「まりもようかん」をアパートに持ち帰り、翌日の火曜日はシフトが休みだったので、朝の十時に遠田書道教室を訪れた。事前に連絡は入れなかったが、平日の午前中は教室をやっていないだろうし、遠田が不在だったら「まりもようかん」にメモをつけて郵便受けに入れておけばいいと思ったからだ。

ブザーを押し、やっぱり留守かなと踵《きびす》を返しかけたタイミングで、遠田が引き戸を開けた。

「あれ、チカ。今日来るって言ってたっけ？」

「いえ、突然すみません。先日帰省したときのお土産をと思って立ち寄りました」

「そりゃわざわざすまねえな」

俺は玄関先で受け渡しをすませるつもりだったのだが、遠田は引き戸を開けっぱなしにしたまま、さっさと引っこむ。しかたがないので、上がらせてもらうことにした。

通された二階の仕事部屋の畳には、大きめの毛氈が敷かれていた。まだなにも書かれていない上質そうな和紙が載っている。遠田によると、画仙紙《がせんし》という種類の紙らしい。素材や漉《す》きかたによって、画仙紙の厚みや質感はさまざまだが、いずれも半紙と比べると高価だし、墨のにじみかたにも癖があるので、それなりに書の腕前が上がってからでないと使いこなせない。いま毛氈に載っている画仙紙は、ファッション誌を開いたぐらいの大きさだ。これは遠田が依頼に応じて、適度な大きさに裁断したもののことだった。本来は、百三十五センチ×七十センチの全紙《ぜんし》というサイズや、全紙を縦半分にカットした半切《はんせつ》といったサイズが基本なのだそうだ。

毛氈のかたわらには硯箱《すずりばこ》があり、墨に筆が浸《ひた》してあった。

「お仕事のお邪魔をしてしまったようで」

「ちょうど一区切りついたから、休憩しようかと思ってたところだ」

遠田は硯箱を窓辺の文机《ふづくえ》に置き、境の襖《ふすま》を開けた。はじめて見る仕事部屋の隣の部屋は、予想どおり寝室だった。万年床なのは俺のアパートと同じだが、布団のうえに墨痕《ぼっこん》鮮やかな書が二枚載せてある。どうやら遠田は、書き終えた書を布団に並べて乾かしているようだ。墨がついてしまうんじゃないかと気を揉むうちに、遠田は白紙の画仙紙と毛氈もずりずりと寝室のほうへ寄せ、仕事部屋のスペースをあけた。

「適当に座っててくれ。茶ぁいれてくる」

「あの、お土産は羊羹なんです」

俺が鞄から「まりもようかん」を出すのを待たず、

「そりゃいいな。緑茶にしよう」

と遠田は階段を下りていった。

俺はひとまず仏壇がわりの箪笥に「まりもようかん」を供え、康春氏夫妻の写真に手を合わせた。遠田はまだ戻ってこない。寝室との境の襖は開いたままだ。好奇心を抑えきれず敷居ににじり寄って、布団に載った書をそっと覗いてみた。

二枚の画仙紙はやはりファッション誌の見開きサイズで、どちらにも同じ漢詩が書かれていた。

君去春山誰共遊
鳥啼花落水空流
如今送別臨渓水
他日相思来水頭

活字のようにかっちりした書体で、神経質なほど端整なのに、全体としてなぜかぬくもりと体臭が感じられる。俺は畳に膝立ちし、背中を丸めたりのばしたりしながら、ためつすがめつ書を眺めた。一文字あたりの上下の丈《たけ》が微妙に短いというか、文字をちょっと押しつぶしたようなバランスになっている。「君」の字の「口」の部分をはじめ、右上の角が心持ちまろやかだ。「口」の左上の角はといえば、二線が接しきっておらず、かすかな空隙《くうげき》がある。

完全にセオリーどおりではないからこそ、人間くささが醸しだされているのかなあ、などと素人ながらに思い、書から目を離せずにいたら、なんだか悲しくなってきた。いや、漢詩の意味はしかとはわからないが、文字の連なりから静かな悲しみが押し寄せて、俺自身が悲しいかのように錯覚されたのだ。そう思って見てみると、端整なのに文字がやや押しつぶされているのも、線が触れあっていない箇所があるのも、遠田があふれる悲しみに耐えかねながら書いたせいではないかという気がしてきた。

階段を上る足音がし、遠田がお盆に急須と湯飲み、羊羹用の小皿とナイフと爪楊枝《つまようじ》のケースを載せて戻ってきた。仕事部屋の畳にお盆を置き、急須から湯飲みに緑茶を注ぎわけながら、

「で、羊羹は？」

と言う。俺はもっと書を見ていたかったのだが、急いで立ちあがり、仏壇がわりの簞笥から「まりもようかん」を下げた。遠田の正面にあたる位置に座りなおし、

「どうぞ」

と差しだす。

「ありがとよ」

と受け取ってパッケージを見た遠田は、「マリモ!?」と言った。

「マリモが入ってんのか」

「いえ、マリモは特別天然記念物かつ絶滅危惧種なので、勝手な採取は禁じられています。丸くて緑色の羊羹なんですよ。切りわけなくていいので、ナイフはいりません」

「ふうん?」

遠田がパッケージを開けると、「まりもようかん」がころころと畳に転がりでた。小さなゴム風船のなかに羊羹を注入することで、球形を実現した商品なのだ。縁日のヨーヨーを一口サイズにし、なかにみっちりと羊羹が詰まっているものだと思えばいい。

羊羹注入口にあたるゴムの端っこは、金具で留《と》められている。遠田は金具からはみだしたゴムをつまんだ。

「なんじゃこりゃ、コンドー……」

「言うと思いました」

俺は咳払いする。「爪楊枝を『まりもようかん』にぷちっと刺してみてください」

遠田は「まりもようかん」を小皿に載せ、俺が言ったとおり楊枝を刺した。すると、刺したところからゴムが縮み、中身の丸い羊羹がつるんとむきだしになる。

「おおー! こりゃおもしろいな。手がべたつかなくて便利だし」

遠田は無邪気に感心し、楊枝を使って「まりもようかん」を口に放りこんだ。「しかも、うまい」

「そうでしょう、釧路が誇る銘菓のひとつです」

「けど正直なとこ、連想するよな。コンドー……」

「不穏当な発言はやめてください」

俺はまた咳払いしてさえぎった。せっかく書に感動したのに、書いた当人がこの調子ではだいなしである。

俺も畳から「まりもようかん」を拾い、小皿に載せて楊枝を刺した。遠田も気に入ったのか、二個目に取りかかっている。しばし黙って羊羹と緑茶を味わった。窓の外には冬の空が広がっているが、室内はエアコンのおかげであたたかい。

「それで、どうだった。家族は元気でやってたのか」

遠田は畳に残っていた「まりもようかん」を拾い集め、パッケージに収めながら言った。

「はい、おかげさまで。兄夫婦のところに生まれた赤ちゃんが、巨大で食欲旺盛でした」

「兄貴がいんのか。待てよ、名前は……、『行く』って書いて『コウ』じゃないか。続力と合わせて、『続行力』」

「ちがいます。『努力』です」

と俺は小さい声で言った。

「ん？」

「兄の名は『努《つとむ》』といって、私とあわせて『努力』です」

「まじか！」

ぎゃははと遠田は笑った。「だれが命名したんだ」

「親ですよ」

「すげえ親だな。本気だったのか不真面目なのか、どっちなんだ」

親から努力の大切さを特に説かれた覚えはないので、なんとなくの思いつきでつけたのだろう。悪いシャレである。

まだ笑っている遠田の声にまぎれて、廊下がわの襖に何者かがぼすぼすと体当たりする音がした。何者か、というかカネコ氏だろう。やっと笑いやめた遠田が立ちあがり、襖を開けてやった。

「作品があるのに、大丈夫ですか」

「まあ大丈夫だろ。たまに落款印《らっかんいん》のかわりにカネコの肉球が押されることがあるけど」

カネコ氏は寝室のほうには目もくれず、もとどおり腰を下ろした遠田の作務衣の袖にじゃれかかった。

俺は湯飲みと小皿を盆に載せ、

「あれは漢詩ですよね」

と隣室の布団あたりを指した。「内容はわかりませんが、悲しみが胸に迫ってくる感じがしました」

「じゃあ合格点なのかな」

遠田はカネコ氏を退屈させないよう、たまに腕を上げ下げする。「劉商《りゅうしょう》っていう唐の時代の詩人の、『送王永《おうえいをおくる》』って詩だ」

「意味は？」

「『おまえがいなくなった春の山で、俺はだれと遊べばいいんだ。鳥は鳴き、花は散り、川はむなしく流れるばかり。いま、谷川のほとりでおまえの旅立ちを見送っている。会いたい思いが募ったときには、またこの川辺に来よう』ってところか」

「なるほど、タイトルの『王永』というのが、旅に出てしまう友だちの名前なんですね。遥人くんの手紙、私がひねりだすより、この漢詩を書いてもらったほうが断然よかったな」

「そうか？　劉商、詩を練ってるうちに自分でどんどん感極まっちゃっただけで、そこまで王永と親しくなかったんじゃねえの」

「そうなんですか!?」

「いや知らんけど。大昔の詩人の私生活なんて」

「いいかげんな。そんなんでよく、ああいう書を書けますね」

感動を返してほしい。俺は少々がっかりした。

「もちろん、書くときはできるだけ詩の世界に入りこんで、情景や思いが文字そのものからも伝わるように最善を尽くす」

遠田はカネコ氏を抱きあげ、寝室との境に立って、布団に並んだ二枚の画仙紙を見下ろした。

「でも、やっぱり猿真似かもな」

「以前もそう言ってましたけど」

俺も遠田の隣に立ち、書を眺める。「どうして猿真似だなんて。私はすごいと感じますが」

「これは、『床の間に飾りたい。欧陽詢《おうようじゅん》ふうがいい』っていう依頼があって書いてるんだ」

「はあ」

「欧陽詢ってのは唐の時代の、いや、書の歴史全体を通しても、指折りの書家だよ。端整な書風で、楷書《かいしょ》の手本の代表格になってるぐらいだ」

「そんなひとの字を真似られること自体、やっぱりすごいじゃないですか」

「あくまでも『ふう』で、俺の字は上《うわ》っ面《つら》だけのまがいもん。じじいは、『ナニナニふう』って依頼をきらってたから、『おまえは小器用なのがいけない。金持ちの家の壁のことなんざほっとけ。札《さつ》でも貼っときゃいいんだ』って、よく怒られた」

康春氏が遠田を叱責《しっせき》したのは、遠田の書の才能が頼まれ仕事ですり減るのを案じたからこそではないだろうか。俺はそもそも欧陽詢の書を知らないので、「猿真似」なのかどうか判断はつけられない。だが、遠田が書いた『送王永』に感じた悲しみは、詩の魂を具現化したような文字から発せられたものだと思えてならなかった。嘘やまがいものの、表面だけ取りつくろった字で、詩の内容もわからないうちから感情を揺さぶられるなどということがあるだろうか。

「この書を依頼したひとは、お金持ちなんですか？」

「まあ、あるかないかでいったら、あるほうなんだろ。本物の金持ちだったら、高名な書家に頼むと思うが」

「でも、『送王永』をって指定したのも、そのひとなんですよね」

「ああ」

「だとしたら、依頼者は道楽なんかじゃなく、相当の思い入れをもって、遠田さんならこの詩を書けると確信したうえで、お願いしたんですよ。実際に友人との別れがあったのかもしれない」

「そうか？　有名な漢詩だから選んだだけじゃないか」

「有名な漢詩なんて、それこそごまんとあるでしょう。詳しくないので、咄嗟《とっさ》に例が浮かびませんが」

「チカはひとがいい」

遠田はしかたないなと言いたげに笑った。それは昨今の言葉でいくと、「脳みそお花畑」という意味か。やはり素人がしたり顔で賢《さか》しらなことを口にしてしまったから、と気恥ずかしくなったが、遠田は嫌味を言ったわけではなかったようで、

「おまえならどっちを選ぶ？」

と布団のうえの二枚の画仙紙を顎で指した。意見を求められるとは思っておらず、おおいにまごつきつつ、

「右です」

と答える。左のほうがよりバランスが整っている気はしたが、悲しみの底にある激情が静かに迸《ほとばし》っているようで、最前から目が惹《ひ》きつけられるのは右だった。

「じゃ、右を依頼者に渡そう」

「ちょっと待ってください。そんなに簡単に決めちゃっていいんですか」

「簡単じゃねえよ。ゆうべからずっと取り組んで、紙だって安くはねえのに何枚も反古《ほご》にして、やっとこの二枚に絞ったの」

「まあそういうことなら……」

「なんだ、不満そうだな」

「いえ、紙ならもう一枚残ってるなと」

布団の脇に寄せられた毛氈のうえの画仙紙に、俺はちらりと視線をやった。硯に置かれた筆も、墨を含んだ状態だったではないか。

「遠田さん、まだなにか書こうとしてたんじゃないですか」

「勘がいいのも困りもんだ」

遠田は俺にカネコ氏を押しつけ、画仙紙を載せたまま毛氈を仕事部屋へ引っぱりだした。「あと一枚書いてみようか迷ってた。だが、どうもこれ以上のもんは、いまの俺には書けそうもないしな。打ち止めだ」

白紙のままの画仙紙を遠田が巻こうとするので、

「じゃあ！」

と俺は思わず声をかけた。「じゃあ、遠田さんが一番好きな漢詩を書いてみてくれませんか」

「え、なんで」

「なんとなく」

と言ったが、好きな漢詩であれば、「猿真似」ではないと遠田が感じられる書、遠田の本質が映しだされた書を見られるのではないかと思ったからだ。

「昨夜からの酷使で、ガラスの腕が折れそうなんだがなあ」

遠田は面倒くさそうにぼやいていたが、俺の期待の眼差しのみならず、俺の腕のなかのカネコ氏から、「早《はよ》うなんとかせんかい。ワシゃあ、こいつに抱っこなぞされたくないんじゃ」という視線を浴びせられるに至って、

「わかったわかった」

と広げなおした画仙紙に文鎮《ぶんちん》を載せた。「好きな漢詩っていっても、俺も有名なもんしか知らねえが……」

文机から硯箱を取ってきてかたわらに置き、毛氈に向かって正座する。俺も邪魔にならぬよう、遠田の右手後方、ぎりぎり視界に入らないだろうという位置で静かに正座した。その拍子にカネコ氏が腕から脱けだしてしまい、「あっ」と思ったが、遠田の背中から放たれはじめた青白い炎を感知したのか、俺の隣におとなしく座ってくれた。

遠田は改めて筆に墨を含ませ、硯に軽く押し当てるようにして穂先を整えた。ついで、左手で画仙紙の隅を押さえ、ぐっと前傾姿勢になって、筆を画仙紙に接触させた。

そのあとは、まるで魔法を見るかのようだった。筆を通して画仙紙に伝った墨の最初の一滴が、自動的に文字の形のとおりに繊維のあいだに染み入り、黒い軌跡を浮かびあがらせているのではないかと思うほど、遠田の筆運びはなめらかで迷いがない。もちろん途中で筆を硯に持っていく

ことがあるのだが、それすらも生みだされる文字の緩急の一部、文字の流麗な曲線と一体化した行いに感じられた。呼吸をしていないのではないかと疑われるぐらい、遠田は文字に、いや、文字の黒と画仙紙の白のゆらめくあわいに、のめりこみ熔《と》けこんでいきそうに見えた。

書家が全身と全神経を駆使し、ついには自身の存在さえ消え去るほど集中したそのとき、世界が反転して、眼前の文字に書家の姿、書家の思いや魂も含めた森羅万象《しんらばんしょう》が映しだされる。千年以上もまえの人々の息吹《いぶき》や目にした風景や感じた気持ちが、書家が紙のうえに具現化した文字に宿り、それを見るものに伝わってくる。筆を使って宇宙のすべてを紙に封印し、それらを紙のうえで生き生きと躍動させることができる。たぶん書とはそういうものなのだろうと、遠田と遠田が生みだしつつある墨の流れを目の当たりにして、俺は思ったのだった。

最後の一筆《ひとふで》が、いつ止《や》んだかわからぬ音楽のように、画仙紙に淡い余韻を残した。そのとたん、記された文字のすべてが響きあい、新たな音楽を奏ではじめる。遠田が書いたのがなんの漢詩なのか、俺にはわからなかった。草書《そうしょ》というのだろうか、さきほどの『送王永』よりも格段に文字が崩され、凍えるようにうつくしいうねりと流れだとしか、俺の目には映らなかったからだ。

そう、融けあい呼応しあうなめらかな連なりなのに、張りつめて冷たい。金属の琴で奏でられる、きれいだけど湿度や温度がまったく感じられない音色が聞こえてくるみたいだ。どことなく恐ろしい気もするのに魅入られたようになって、俺はいまこの世に生じたばかりの書を見つめた。見つめるうちに、うねりと流れのなかで形をはっきりさせてきた文字もある。俺は呪文を解読するようにたどたどしく、読み取れる文字を探した。

一字目は「煙」か？　あ、「夜泊」と「酒」という字もあるな。書の放つ黒々とした光に圧倒されつつも、俺は正座したまま、いつのまにやら遠田の隣まで前進していた。なぜかカネコ氏も俺に合わせて進みでて、うんとのびをしたのち毛づくろいをはじめた。遠田が書いているうちは遠慮していたらしい。

筆を置いた遠田も、頭上で手を組んで両腕をのばしたのち、盛大に骨を鳴らしながら首をまわした。

「わりとうまく書けたわ」

わりとどころか素晴らしいと思います、という意をこめて俺はうなずいたのだが、「売れるかもしれんから、今度の展示に出そ」と、遠田はさっさと書を持って立ちあがり、隣室の万年床に置いた。余韻も感慨もあったものではない。せめて漢詩の説明をしてもらえないかと、

「あの」

と声をかけた俺に、遠田は布団から取りあげた『送王永』の書を「ほい」と差しだした。依頼者には渡さない、左のほうの書だ。

「これ、チカにやる。便所のドアに貼るとか、コップが割れたときに包んで捨てるとか、なんか使い道あんだろ」

「ええっ、いただけませんよ」

没にしたとはいえせっかくの作品を、なぜ商店街で無料配布するカレンダーや古新聞と同列に扱うのだ。それこそ展覧会に出品したらいいのではと、俺には思える出来映えなのに。

「いらないなら捨てるけど」

遠田がなんのためらいもなく書を裂こうとしたので、俺は飛びあがって、

「いりますいります！」

と叫んだ。

帰り仕度をして玄関のたたきに立った俺が、上向けた両掌に書を広げ持っているのを見て、

「おまえその状態で電車乗るのか？」

と遠田は尋ねた。

「そりゃそうです。畳んで折り跡をつけるなんて論外ですし、丸めて持っても手汗でふやけそうですから」

「べつにそんなたいそうなもんでもないのに」

遠田は苦笑し、「ちょっと待ってろ」と廊下の奥に引っこんだ。ややあって戻ってきた遠田は、サランラップの芯を手にしていた。

「ラップがまだちょっと残ってるけど、それは飯あったためるときに使えや」

俺はありがたく受け取り、慎重に書を丸めてサランラップの芯に収めた。芯の上下から紙がはみだしているが、これなら持ち歩きしやすいし、手汗がつくこともないから安心だ。

「『まりもようかん』、ごちそうさん」

遠田は俺を見送るため、この日もやはり玄関先まで出てきた。「なのに昼飯も出さず悪いな」

「いえ、ゆっくりお休みください」

遠田はガラスの腕を酷使して疲れたので、教室がはじまる夕方まで仮眠を取ると言っていた。カネコ氏は俺たちとともに一階に下りたのだが、俺を見送るよりも餌皿に顔をつっこむことのほうを選んだ。

「いただいた作品、大事にします」

歩きだすまえに俺が言うと、

「そうだな。非常時に揉んでやわらかくしたらケツ拭けるし」

と遠田は答えた。「また来いや」

俺はサランラップの芯を持ったまま下高井戸駅から京王線に乗り、終点の新宿で降りて本屋に寄った。覚えておいた「煙」などのいくつかの文字を頼りに、漢詩の本をあれこれめくってみて、初心者向けの鑑賞の手引きになりそうなものを一冊選び、買い求める。

そのころには午後三時をまわっていた。書店の地下に下りた俺は、カレーのにおいに激しく心惹かれたが、サランラップの芯からはみでた部分にカレーが飛んで、書が汚れてしまったらいやだなと思い、空腹を抱えながら新宿三丁目駅を目指して通路を歩いた。

一駅だけ都営新宿線に乗って曙橋のアパートへ帰り、部屋着に着替えるのもそこそこに、食卓に書を広げてサイズを計った。

遠田を見習い、食卓から万年床へ書を避難させたのち、湯を沸かしてカップ焼きそばを食べる。食べながらスマホで、どうやって書を飾ればいいのか調べた。表装してもらっても、うちには掛け軸をかけるにふさわしい床の間などない。結局、お手ごろ価格の額を通販で買うことにした。

これなら気軽に壁にかけておける。きちんとした額装か掛け軸に仕立てるのは、もう少しいい部屋に引っ越してからでかまうまい。額は明後日には届くようなので、それまで書には、食卓と万年床を行き来してもらおう。

焼きそばを食べ終えた俺は、買ってきた本を開いた。

遠田が一番好きだという漢詩は、これまた唐代の詩人、杜牧《とぼく》の『泊秦淮《しんわいにはくす》』だった。本屋で見たどの漢詩の本にも載っていたほどで、有名作のようだ。

煙籠寒水月籠沙
夜泊秦淮近酒家
商女不知亡国恨
隔江猶唱後庭花

本の書き下し文や訳、鑑賞の手引きなどを参考に、俺なりに嚙み砕いてみるに、こんな感じだろうか。

「靄《もや》が冷たい川面《かわも》に立ちこめ、月の光が岸辺の砂の一粒一粒に宿る。俺は秦淮河《しんわいが》の酒場近くに停めた舟で夜を過ごした。酒場勤めの女たちは、国が亡ぼされた恨《うら》みなど知らない。川向こうにも聞こえるぐらいにぎやかに、『後庭花《こうていか》』を歌っている」。『後庭花』というのは、酒色にふけって国を滅亡させた皇帝が作った、哀切な歌なのだそうだ。でも、飲み屋で接客するディーバたちは、そんな何百年もまえの出来事なんざ知ったこっちゃないから、明るく華やかに、悲しい歌を歌っている。きっと酒場のお客さんたちは、麗しい歌声にやんやと喝采を送っただろう。歌声は川面の靄をやわらかく揺らし、月に照らされる砂をますます輝かせただろう。

歌声を漏れ聞く作者の杜牧も、一人で酒を飲んでいたにちがいない。「歴史も知らずにあの歌を楽しんで、歌姫も客もいい気なもんだ」という解釈もできるのかもしれないが、俺はなんとなくそうじゃないような気がする。愚かな皇帝のせいで国がなくなっても、人々はたくましく、なるべく楽しく、生きていこうとする。皇帝のおかげじゃなく、そういう人々の、平穏な日常を希求する意思のおかげで、この世界はつづいていく。杜牧は人々の生命力や生活力みたいなものに感銘を受けたんじゃないか。

そしてもうひとつ。国は滅亡しても歌は残った。その歌を歌っていた女性たちを詠んだ、杜牧の詩は残った。残って、いまも俺たちに過去の出来事を、月が照らすうつくしい川べりを、そこに響いていた透きとおった歌声を、伝えてくれる。杜牧自身は、自分の詩がこんなに長くみんなに愛されるとは予想していなかっただろうが、でも歌を聞いた瞬間、うつくしく悲しく儚《はかな》いもの――強いて一言で言えば「芸術」の持つ力に、希望を覚えたんだと思う。だから、自分がその夜に感じたこと、目と耳にしたものを、深い感動とともに詩にせずにはいられなかったのだ。

でも、遠田の『泊秦淮』は冷たかった。俺は本を食卓に置き、研ぎ澄まされきって凍ったような音色が響く、遠田の書を眼裏《まなうら》に思い起こす。もちろん、月の冴え冴えとした寒い夜にふさわしい筆致だったと言えるが、俺が漢詩の本を通して抱いた『泊秦淮』の印象とは、ずいぶん異なった。

「商女《しょうじょ》は知らず、亡国の恨み」。なにやら意味深だ。

『送王永』の書は、届いた額に入れて壁にかけた。万年床が敷かれた狭い部屋とそぐわないことはなはだしいが、その一角だけ書画収集が趣味なマフィアの豪邸みたいに重厚かつおしゃれな雰囲気になり、満足している。

呼ばれてないのに参上したことでたがゆるんだのか、俺は以降、遠田書道教室にちょくちょく足を運ぶようになった。メールでことはたりるのに宛名書きのリストを直接届けたり、特に用事はないが仕事帰りにふらっと立ち寄ったりもした。

作品としての書に真剣に向きあう姿を見て、遠田がどんな人物なのかますます知りたくなったし、あまり認めたくはないが、遠田と過ごす時間は俺にとって居心地のいいものだったからだ。

生徒が集まっていても、遠田書道教室には、いつもどこか静かで穏やかな空気が漂っている。時の流れに取り残されたようなその場所を訪れると、なんとなく力を抜いて息をつくことができた。教室のある時間帯は生徒も自由に出入りしていて、遠田もだれが来ようが来まいが好きにすりゃいいという姿勢なので、仕事相手ではあるが気をつかうのが次第にバカらしくなってきたとも言える。

平日の夕方、比較的早い時間に遠田書道教室へ行くと、主に小学生が長机に向かっている。部外者なのにしばしば顔を出す俺の存在にかれらも慣れたようで、

「また来たのかよ、チカー」

「仕事なにしてんの？」

などと声をかけてくる。生意気でかわいい。

お試しということで、俺も中学校の書写の時間以来か、ひさびさに筆を持ってみたが、残念ながら書の才能はないようだった。遠田は俺が書いた不恰好な「雪」の字を見て、「チカは手首がとんでもなく硬いのかもな」と首をひねりながら花丸をくれた。もちろん、居合わせた小学生たちからも、

「なんかこの『雪』、溶けなそう」

「傾いてて、変だし」

と、さんざんな評価を受けた。遥人くんだけは、

「積もった雪が屋根から落ちる瞬間なんですよね」

と前向きに受け止めてくれた。気づかいが心に染みるが、小学生に慰められるというのも情けない。遥人くんが書いた「雪」はといえば、牡丹雪《ぼたんゆき》のように静かで堂々としたもので、夏に見た「風」の字の線の細さはすっかりぬぐい去られていた。

教室が終わり、遥人くんは玄関寄りの六畳間の隅っこで帰り仕度をはじめた。

「さっきはありがとう」

俺は長机を挟んで遥人くんのまえに座る。「俺の『雪』に斬新な解釈をしてくれて」

「いえ、思ったことを言っただけです」

雪よりもクールな反応だったが、遥人くんの頰がちょっと赤くなったので照れ隠しだとわかった。

「遥人くんの字は、ますますしっかりしてきた感じがした。もうすぐ六年生になるんだもんなあ」

頼もしい成長ぶりに、俺は年末につづいてまたしみじみしたのだが、

「え？　まだです。六年になるのは四月からです」

と、今度は照れ隠しでもなんでもなくクールな反応を返された。それで俺は、俺にとっては一カ月半後なんて明日も同然だが、遥人くんにとっては永遠ぐらいさきに感じられるのだと察し、小学生と俺とではこれほどまでに時間の流れかたがちがうものなのかと、みたびしみじみした。

会話が聞こえたようで、

「おまえらくっちゃべってないで、さっさと帰って夕飯食え」

と、生徒たちを追いだしにかかっていた遠田が小さく笑った。

持ち物をすべて書道バッグに収めた遥人くんは、しかし立ちあがろうとはせず、

「そうだ、今日ツヅキさんが来てくれて、ちょうどよかった」

と言った。「またダイヒツをお願いしたいんです」

「どんな内容？」

と俺は尋ねつつ、「遠田さん、ちょっと」と手招く。遥人くんの学校生活に、再び暗雲立ちこめる事態が出来《しゅったい》したのかと案じられた。だとすれば代筆の手腕はもとより、遠田の腕っ節の強そ

うな外見を活用すべき局面があるかもしれない。そろって話を聞いたほうがいいだろう。

遥人くんは遠田が俺の隣に腰を下ろすのを待ち、ほかの生徒がみんな帰った六畳間で語りはじめた。

「僕が手紙のダイヒツをしてもらったことがあるって言ったら、友だちが『俺も書いてほしい』って。五年になってからクラスが一緒になったやつで、最近けっこうよく遊ぶんですけど」

「ミッキーの友だちっていうと、ツッチーだな」

と遠田が言うので、俺はあきれた。

「あのですね、遠田さん。ほんともうちょっと、ひとの話をちゃんと聞いたほうがいいですよ。土谷くんは三年生のときからの友だちですし、盛岡に転校したじゃないですか」

「そういや、そうか。じゃ、だれだ」

「佐々木《ささき》です」

と、遥人くんは落胆も動揺も見せずに答えた。遠田がひとの話を聞いていないことは想定内だったらしい。遥人くんのなかで遠田への信頼が地に落ちているのではと、俺は気を揉まずにはいられなかった。

「佐々木は夏に妹が生まれて、歳も離れてるし、すごくかわいがってるんです。早く歩いたりしゃべったりしないかなって、いつも言ってます。そしたら公園で遊べるのにって」

「うんうん」

俺は兄とは四つちがいだが、よく手を引かれて近所の公園に行ったものだ。兄は友だちと遊ぶのに夢中になって、俺は置いてけぼりにされてしょっちゅう泣いていたが。もっと大きくなってからは、アイスやら漫画雑誌やらを買いに、しばしばコンビニへパシらされていたが。思い返したら、なにやら腹が立ってきた。だがまあ、兄と弟の力関係なんて、そんなものだろう。異性のきょうだいだったり、年齢差がもっとあったりすると、佐々木くんのように「いいお兄ちゃん」になるのかもしれない。

「でも、佐々木には不満もあって、おうちの手伝いが増えたらしいんです」

「増えたって、どのぐらい？」

「玄関のまえを掃くのは、もともと佐々木の担当だったそうですが、そこに風呂掃除も加わったって」

「いや、それはやったらいいんじゃないかな」

兄一家の奮闘ぶりを思い出し、俺は言った。「赤ちゃんのお世話ってすごく大変みたいだから、佐々木くんがお手伝いしてくれるのは助かると思うよ」

「あ、佐々木も、風呂掃除が絶対にやだってことじゃないんです」

遥人くんが慌てたように言い添えた。「ただ、三年生のときから、お小遣いが一月《ひとつき》四百円のままだって……」

「なるほど。つまり労働に見合った賃金を、親御さんに要求したいってことだね」

「ちんぎん？」

「ごめん、お小遣いのこと」

「はい、そうです」

佐々木くんの意向を伝えられて、ほっとしたのだろう。遥人くんは笑顔でうなずき、書道バッグの外ポケットから畳んだ紙を取りだした。

「佐々木の字がわかるように、自由帳から一枚破って預かってきました」

長机に広げた紙は、たしかにノートサイズで、罫などはなにも入っていない。紙いっぱいを使い、太鼓腹でトラ柄のパンツを穿《は》いたおじさんの絵がエンピツで描かれており、スペースがなくなったためか、おじさんの腹の部分に「※いかづちマン」と註が添えてあった。

「……これは？」

「アニメのキャラです。佐々木はちょっとその、絵がうまくなくて」

絵も字も奔放で味わい深い。俺はひそかに、万が一、佐々木くんが家庭内で過剰に働かされているのだとしたら一大事だと懸念していたのだが、どうやらその心配はなさそうだった。のびのびと育ち、賃上げを求める、ちゃっかりというかしっかりした子のようだ。

俺としては、子どものころからお小遣いを通して金銭感覚を養うのもいいことのような気がする。しかし実際に手紙を書くのは遠田だから、

「どうでしょう、遠田さん」

と意見を求めて隣を見たら、寝ていた。目を閉じて腕組みをし、話を聞くふりをしてがっくんがっくん首を揺らしていた。道理で、最前からやけに静かだと思った。むろん、脇腹に肘鉄《ひじてつ》を食らわせる。

向かいにいる遥人くんは、遠田の居眠りにとっくに気づいていたようだ。

「んあ？」

と目を開けた遠田を見て、

「若先、あんま乗り気じゃないみたいだね」

とため息をついた。

「まあなあ。『親の関心を妹に奪われ、さびしいです』って言われても、どうもピンと来ねえ」

遠田は居心地悪そうに頬を掻く。「俺が一人っ子だからかな」

「佐々木くんの依頼はそんなことじゃなく、お小遣いアップのお願いです」

俺は急いで口を挟む。遠田に対する遥人くんの信頼度が、地にめりこんではいけない。

「そうだっけ？」

遠田の反応はにぶかった。「ガキの小遣いの相場なんて、よく知らねえよ」

俺だって最近の相場は知らないし、それぞれの家庭ごとに考えがあるとは思うが、佐々木くんは今度六年生になるのだし、たとえば四百円から五百円に賃上げしてほしいと持ちかけるぐらいなら、法外な要求ではないはずだ。

「とにかく、試しにやってみましょう」

俺は遥人くんからエンピツを借りて遠田に持たせ、今日は便箋は持ってきていないとのことだったので、「いかづちマン」を裏返して白紙の面を示した。「文章を考えますから、まずは下書きって感じで」

だが遠田は、俺が脳内で文面を練っているあいだに、

「やっぱりやめておこう」

とエンピツを転がしてしまった。

「どうしてですか？」

うまい棒が代価であってもほいほい引き受けていたくせに、なぜ今回にかぎって渋るのだ。

「佐々木の字、真似しにくいですか」

と遥人くんも心配そうだ。

「そうじゃねえが……」

遠田はちょっと考え、つけ加えた。「ほら、サッキーの親は、『小遣いは小遣い。家の手伝いは率先してやるもんで、代金を支払うのはよくない』って思ってるのかもしれないだろ。だから、すぐに代筆に頼るのはやめて、サッキーがちゃんと直接、親と話しあったほうがいい」

また安直なあだ名をつけているが、それはさておき、遠田にしては常識的な提案である。遥人くんも納得したようで、

「わかりました。佐々木にそう伝えます」

とうなずいた。心なしか、遠田を見る目が輝いている。地にめりこみかけていた信頼が若干浮上したらしい。

書道バッグを提げ、遥人くんは元気に帰っていった。念のための資料ということで、長机に残された「いかづちマン」に視線を落とし、遠田が小さくつぶやいた。

「わからないもんは、うまく書けねえ」

「私もこのアニメは知りませんでした」

と言うと、遠田ははっとしたように顔を上げ、

「チカもか。三十路《みそじ》を越えると、だんだん流行りに追いつけなくなるよなあ」

と笑った。

それで俺は、遠田のつぶやきが無意識のうちにこぼれた独り言だったのだと気がついた。遠田はなにが「わからない」のだろう。そう思ったが、遠田が鼻歌を歌いながら長机を布巾で拭きはじめ、俺も慌てて手伝ううちに聞きそびれて、それきりになった。

その後、俺は二度ほど生徒にまぎれて書に挑戦してみるも、やはり手首の硬さかセンスのなさか、半紙にぎこちない字しか出現させられなかった。最初はおおっぴらに笑っていた小学生たちも、しまいには遠慮がちに俺の作品から目をそらし、静かに肩を震わせるようになった。いたたまれぬ。結局、正式に教室に通うのはやめておき、気まぐれに訪ねては遠田と酒を飲んだり、長机に向かう生徒たちの様子をカネコ氏とともに見学したりすることに専念した。

遠田が言ったとおり、カネコ氏は大人の部のときは一階の部屋に姿を現し、たまに女性の生徒の膝に乗った。しかしそれは女好きだからではなく、おじさんやおじいさんの生徒が、「ぶえっくしょい！」と急に大きなくしゃみをするからだと思われた。そのたびにカネコ氏は飛びあがり、居合わせた生徒たちも驚いて肩を揺らすので、教室のあちこちで書き損じが生じた。

「松《まつ》さん、くしゃみは控えめにっていつも言ってるだろ。手もとが狂って鼓膜《こまく》突いちまうとこだ

ったぞ」

　と、遠田が耳かきを中断して注意し、

「すまんすまん」

　と、松さんと呼ばれたおじいさんが鼻をすする。「最近は二月から花粉が飛んで、まいるね」

　それにしたって、なぜ中高年の男性はとんでもなくでかいくしゃみをする傾向にあるのか。俺はなるべく猫を警戒させずに歳を重ねていこうと誓うのだった。

　遠田と晩酌をするのは、大人の部が終わってからだ。遠田はつまみと遅い夕飯を兼ねて、コンビーフとキャベツの炒め物や豆腐とワカメとジャコのサラダなどを手早く作る。蒸した鶏肉に油《ユー》淋鶏《リンチー》ふうのタレがかかったものが出てきたときは、こんな手がこんでいそうな料理まで作れるのかと驚いたが、

「そりゃチカが料理に疎《うと》いから、そう思うんだ」

　とのことだった。「鶏肉は、ちょっと砂糖を入れた日本酒に浸して、レンジでチンだぞ」

　しかしどの料理も、味が引き締まっていてうまい。一階の八畳間で長机を挟んで向かいあい、これまたレンジでチンした熱燗をちびちびやった。庭に降る雪を眺めながらのときもあれば、夜なのにおやつをねだるカネコ氏をいなしながらのときもあった。さしたる会話はしなかったが、気詰まりではなかった。俺が帰るとき、遠田は必ず「また来いや」と言った。

　教室の定休日や午後早い時間に訪ねると、遠田はたいがい二階の部屋で仕事をしていた。俺が依頼した宛名書きだったり、また展示会があるのか、だれかに書を頼まれたのかわからないが、

大判の画仙紙をまえに黙々と墨を磨《す》っていたりした。このひと、会うたびほとんどと言っていいほど、生徒さんに書を教えてるか、書を書いてるかだなあ。俺は感心した。やっぱりちゃらんぽらんなようでいて、本質的には真面目でストイックなようである。

遠田が仕事をするあいだ、俺は邪魔にならぬよう、書道展の作品集や、歴史的な名筆が載った図録を部屋の本棚から取りだし、隅っこに座っておとなしく眺める。おかげで欧陽詢の筆跡も知ることができたし、顔真卿《がんしんけい》や藤原行成《ふじわらのゆきなり》といった名前も聞きかじり、というか見かじり、「ほうほう」と書の図版に顔を近づけては、機会があれば実物に接してみたいものだが、なかなか公開はされないんだろうななどと思ったりした。

図版のなかには、黒地に白抜きで文字がしたためられたものもあり、これはどういうことなのかと遠田に尋ねてみたら、「ああ、石碑や青銅器とかに刻まれた文字を、拓本として写し取ったんだよ」とのことだった。古い時代だと特に、書は紙に書かれるとはかぎらない。肉筆は残っておらず、拓本を通してのみ伝わっている名筆も多いのだそうだ。また、手紙やメモ書きにも名品があり、たとえば顔真卿の『祭姪文稿《さいてつぶんこう》』は、悲憤に満ちた生々しい筆致が人々の胸を打ってきたとのこと。顔真卿本人も、まさか自分が書いた弔辞の下書きが鑑賞の対象となり、後世の人々の感動を呼ぶとは、とあの世でびっくりしているだろう。

書を味わうだけの経験も知識も審美眼も俺には欠けているため、正直なところ、あいかわらず善し悪しはよくわからない。「なんだかぐねぐねしている」という感想しか抱けない書もあるのだが、それでも眺めるうちに書いたひとの呼吸のリズムや情念が伝わってくるようで、なるほど書とはバリエーションに富んでおもしろいものだと、門外漢ながら興味が湧いてくるのだった。

遠田は書に取り組んでいるとき、そばにひとがいても気にならないタイプのようだ。少しは気にしたほうが、繊細で神経質な芸術家っぽくていいのではないかと思うのだが、こちらのことはおかまいなしでむんむん書き、「あー、もうこんぐらいでいいだろ」と適当に切り上げる。遠田が仕事を終えたのをどうやって察するのか、たいがいそのタイミングでカネコ氏が襖に体当たりする。

俺は遠田が作務衣のポケットから出した猫用おやつをカネコ氏に与えながら、

「遠田さん、お休みの日もいつも仕事してるんですか?」

と尋ねた。

「ああん?」

遠田は毛氈を片づけた畳に仰向けに寝転び、作務衣の懐《ふところ》に手をつっこんで、長袖Tシャツ越しにぼりぼりと腹を掻いた。「いつもじゃねえよ。書道展を見にいくことだってある」

それも仕事の一環じゃないのか。と思ったのが伝わったのか、カネコ氏がおやつを持つ俺の手に爪を立て、遠田には、

「なにをそんな、『やることなくて暇なんですね』みたいな目で見てんだおまえは」

と因縁をつけられた。

「いてて。そんな目では見てないですって」

「チカこそ、休日どうしてるんだよ。ここに来る以外で」

「そうですねえ。本屋に行ったり、たまに競馬に行ったり……」

「暇そうってことにかけては似たようなもんじゃねえか」

遠田は窓のほうへ向けてごろりと寝返りを打った。庭の桜の枝先で、少しだけふくらみはじめた芽が風に揺れていた。

そういうわけで翌週の月曜日、俺は遠田に指定されて、九段下《くだんした》の改札で待ちあわせをした。

「俺だって買い物ぐらいするんだってところを見せてやる」とのことだったが、行き先が書道用品店だったので、「やっぱり書ばっかりの暮らしなんだな」と俺はひそかに納得した。

ちなみに遠田は作務衣ではなく、ジーンズと灰色のパーカーに、黒いマフラーを巻いていた。特に目立つ要素はない恰好なのに、道ゆくひとからの視線をちらほら感じる。ガタイと顔がいいのも苦労が多そうだと思ったが、遠田は慣れているのか気づいていないのか、王さまみたいに堂々と歩いた。

はじめて足を踏み入れた書道用品店は、店がまえからして奥ゆかしくも老舗の風格があり、特大の筆や驚くほど高価な墨や硯など、俺にとっては物珍しいものばかりが並んでいて、見ているだけで楽しかった。遠田は若主人らしきひとと談笑しつつ、画仙紙をあれこれ吟味した。

画仙紙が入った大きな包みを抱え、店を出たところで遠田は胸を張った。

「どうだ、俺が暇じゃねえってわかったか」

「もとからそんなこと思ってないですよ」

せっかく外出したのだしと、俺たちは神保町《じんぼうちょう》までぶらぶら歩く。

「あったかくなってきたなあ」

「はい、本格的な春も近いですねえ」

Ｇ１レースが目白押しな季節がやってくる。うかうかしてはいられない。少なくともダービーには絶対に行きたいから、いまからシフトを調整して、原岡さんにも連絡を入れて、などと俺は算段した。

昼ご飯に、神保町の有名店でカレーを食べた。せっかく買った画仙紙にカレーが飛ぶのではと俺はひやひやしたが、遠田は魔法のランプみたいな形状をした銀色の容器の取っ手をつかみ、一気にドバッとライスにルーをかけた。

そういえば、とふと思い出し、

「遥人くんが言ってた佐々木くんの件、どうなったでしょうか」

と尋ねる。ホテルのシフトとタイミングが合わなかったため、ここしばらく子どもの部には顔を出せておらず、少々気にかかっていたのだ。

「うーん、サッキーが親との賃上げ交渉に失敗したとかなんとか……」

「じゃあ、改めて代筆を依頼されたんじゃないですか？」

「いや、べつに。おとなしく風呂掃除してるんじゃねえの」

わしわしとカレーライスをたいらげた遠田が、首をかしげた。「チカ、芋食わないのか」

各々の皿には、つけあわせのジャガイモが丸ごと二個ずつ載ってくる。遠田はとっくに自分のぶんを胃に収めていたが、俺はけっこう満腹で、芋は手つかずのままだった。

「一個食べていいですよ」

と言い終わらないうちに、遠田はスプーンをフォークに持ち替え、俺の芋を二個ともかっさらっていった。胃が頑丈なんだなと感心したせいで、遥人くんが持ちこんだ依頼の話はうやむやに流れて消えた。

食後の腹ごなしに古本屋を見てまわる。遠田と並んで店頭の百円ワゴンを覗きこんでいたら、

「向井《むかい》？　向井じゃないか」

と、背後でやや嗄《しわが》れた老人の声がした。俺は当然、「ああ、だれか知りあいに出くわしたひとがいるんだな」としか思わなかったが、遠田が打たれたように声のしたほうへ向きなおったので、つられて振り返る。

痩《や》せて小柄なおじいさんが立っていた。濃紺《のうこん》の背広は量販品と見受けられるが、ステッキをつき薄いベージュの中折れ帽をかぶって、人品《じんぴん》いやしからぬ様子だ。遠田は画仙紙を抱えた状態で、背筋をのばしてきれいに四十五度の角度でお辞儀をし、

「中村《なかむら》さん。ご無沙汰しております」

と言った。中村さんというらしいおじいさんは、画仙紙にちらと目をやり、

「しっかりやってるようだな」

と柔和な笑みを浮かべた。「遠田さんご夫妻はお元気ですか」

「二人とも亡くなりました。ばあちゃ……、母は十年ほどまえ、父は昨年のことでした」

「それは……」

中村氏は帽子を取って軽く瞑目《めいもく》した。「ご愁傷《しゅうしょう》さまです」

白髪の頭頂部がやや薄くなっている。細身なこともあり、鶴のような老人である。遠田はめずらしくしゃちほこばったまま、

「中村さんはお変わりなくお過ごしですか」

と尋ねる。

「俺か？　俺はもうすぐ引退だよ」

帽子をかぶりなおした中村氏は軽く肩をすぼめ、けれど晴れ晴れして見える表情で言った。

「えっ、いつです！」

「桜が散るころかな」

「跡目、いえ跡継ぎはどなたが」

「だれにも跡は取らせん。廃業する」

「そんな……」

「向井。いや、遠田さん。時代が変わったんだよ」

呆然としている遠田の腕を、中村氏は親愛のこもった手つきで軽く叩いた。「今日、ここで会えてよかった。達者でな」

中村氏が俺にも会釈したので、慌てて軽く頭を下げる。中村氏は、靖国《やすくに》通《どお》りを神田《かんだ》方面へと歩み去っていった。その背中が人混みにまぎれて見えなくなっても、遠田は真剣な表情でなにやら物思いにふけっている。いつまでも古書店のまえをふさいでいるのもどうかと思い、さりげなく

うながして神保町の交差点のほうへ歩きだす。

「古くからのお知りあいのかたですか」

「ああ」

「あの……、どうかしましたか?」

「ああ」

まるっきり上《うわ》の空《そら》だ。さきほどの会話から、たぶん向井というのが養子に入るまえの遠田の名字で、中村氏は書道関係者なのかなと推測されたが、こんなに心ここにあらずな状態になる要素がはたしてあっただろうか。中村氏が書家を引退し、書道教室も畳むようなのは、たしかに残念なことではあろうけれど、お歳からして無理に引きとどめることもできるまい。

神保町駅から都営新宿線に乗りこんでようやく、遠田は我に返ったみたいにあたりを見まわした。それまで俺のあとをついて歩いていたのは、すべて無意識のなせる業《わざ》だったようだ。

「『もう帰りましょうか』って言ったら、遠田さん、『ああ』ってうなずいたので電車乗りましたけど、よかったですか?」

「うん。あのな、チカ」

と遠田は画仙紙を抱えなおした。「俺はこれからちょっと忙しくなりそうなんだ。引き受けた依頼があったのに、すっかり忘れてた」

「そうですか。じゃあ、そのあいだに宛名書きの案件が発生したら、期限を相談させていただくようにします。ご依頼はいつごろ終わりそうですか」

「うーん、いつかな。終わったらこっちから連絡する」

歯切れが悪いし、明らかにあやしい。なにか隠してやがるなと思ったのだが、電車が曙橋に着いてしまい、

「ほらほら、チカんちここだろ。じゃあな」

と、遠田に背中を押しだされるようにしてホームに降りた。ドアの窓越しに遠田が軽く手を振り、電車はすぐに走りだす。

四

それきり二週間近く経っても連絡がない。

三月も下旬に入り、桜ももう満開に近い。遠田《とおだ》書道教室の庭の桜も見事に咲いているだろうなと思うのだが、忙しいと言っていたのに押しかけるのもためらわれるし、春休みの時期に差しかかって、俺は俺でホテルの業務におおわらわだったので、まあ、もうちょっとしたらまた様子うかがいに行けばいいいかと考えていた。

ところが、そうも言っていられない事態が起きた。

平日のその日は朝から冷たい雨が降っており、

「週末はお花見をしようと思ってたのに、これじゃせっかくの花が散っちゃいそう」

「さようですね、なんとか保《も》ってくれるといいのですが」

といった会話をお客さまと十五回ぐらい交わした。休憩時間に同僚にそう言ったら、

「え、まじで。俺は二回だけど」

とのことで、俺は順調に例の体質というか特技を発揮しているようだと思い知らされた。それはともかく同僚も、

「桜が咲くと、急に冷えて雨が降ることが多いよな。お客さまが寒いといけないから、館内の設定温度を一度上げようか」

とため息をつくほど、気の滅入《めい》ってくる天気だった。

俺は午後六時に日勤のシフトを終え、夜勤のスタッフへの引き継ぎをすませたのち、帰りがけに事務室のパソコンでメールチェックをした。宴会場「三日月《みかづき》」をご予約のお客さまとの打ちあわせ日程についてや、なじみのウェディングプランナーからの予算見積もりの報告など、順にメールを開いては返信していく。最後に残ったのは、遠田からのメールだった。受信時刻は午後五時五十二分となっていたので、届きたてほやほやだ。忘れていたという依頼を完了したのかな、またよくわからない用件で俺を呼びだすつもりかもしれないぞ、などと思いながらメールを開いた俺は、

「はあ!?」

と叫んで事務用椅子から立ちあがった。遠田からのメールには素っ気なく、「諸般の事情により、筆耕士《ひっこうし》の登録を解除していただきたく、お願い申しあげます。これまで大変お世話になりました。」と記されていた。

すぐにスマホから遠田書道教室に電話をかけたが、呼びだし音が延々とつづくばかりだ。そうか、教室が開いている時間帯だ。生徒さんの指導で手が離せないのか？　でも、いましがたメールを送ってきたところなのに？

俺は素早く帰り仕度をし、ホテルの通用口から表に飛びだした。

下高井戸《しもたかいど》駅に降り立ったときには、あたりはすっかり暗く、雨はますます激しくなって、もはや春の嵐といった様相だった。俺はビニール傘を盾《たて》にして、正面から吹きつける風雨を防ぎながら玉電《たまでん》沿いの道を進んだ。ジーンズもスニーカーもびしょ濡れで重くなり、傘の骨も一部折れたが、なんとか上半身は守りつつ五叉路《ごさろ》までたどりつく。

暗渠《あんきょ》の道はちょっとした小川と化していた。いや、もともと川だったわけで、周辺よりも少し土地が低くなっているのだろう。本来の姿を取り戻したと言わんばかりに道全体が水びたしで、流れこんだ雨水が行き場をなくして逆巻き、ごぶごぶと鳴っていた。

ええい、ままよ。俺は暗渠の道に突入する。冷たい水がくるぶしぐらいまで溜まっており、確実にスニーカーが死んだ。しかも狭い道を突風が吹き抜け、ビニール傘も完全に崩壊した。

「ぬおおお！」

なんとか暗渠の道からまろびでて、遠田書道教室のブザーを連打する。教室の最中かもしれないが、もはやかまってはいられない。

根負けしたように引き戸が開いた。暗がりに立つ、傘の残骸を手に川から這いあがってきた河童《かっぱ》みたいな俺を見て、遠田は「うおっ」とあとずさった。

「なんだ、チカか。やっぱり来ちゃったか」

「そりゃ来ますよ。なんですかあのメールは」

「しょうがねえな。ちょっと待ってろ」

俺は遠田が奥から取ってきたバスタオルでざっと頭を拭き、スニーカーと靴下を脱いで足も拭いてから、廊下に上がった。明るいところで見ると、ジーンズの裾が泥で汚れている。どうしたものかと思っていたら、スニーカーに新聞紙を詰めてくれていた遠田が、今度は二階からスウェットの上下を持ってきた。

俺は玄関寄りの六畳間に放りこまれ、濡れた服を着替えることになった。案に相違し、一階に生徒たちの姿はなかった。今日はもともと大人の部は予定されておらず、子どもの部の教室は雨風が強くなりそうだったから急遽《きゅうきょ》お休みにしたのだそうだ。こういうときのために、ちゃんと連絡網を作ってあるらしい。

掃きだし窓の向こうに、満開の桜が白く浮かびあがっていた。室内の明かりを受け、風に揺れる枝からなにかがさかんに滴《したた》っているのが見えるが、花びらなのか雨粒なのかわからない。

「おい、脱いだ服貸せ」

と遠田が廊下から声をかけてきた。「洗濯機まわすから」

「いえ、そこまでしていただくわけには」

と言ったが、遠田が部屋に踏み入ってきて、俺の手から靴下も含めて濡れた服を奪い去っていった。台所のさらに奥に、洗面所や風呂場があるようだ。

夜分にお手数をおかけすることになってしまい、申し訳ない。俺は反省した。よく考えてみたら、遠田のメールに「どういうことですか」と返信するなり、明日にでも電話をかけなおすなりすればすんだことで、悪天候のなか、いきなり押しかけなくてもよかったのだ。すっかり動転してしまっていた。

しかしまあ、少なくとも服の洗濯が終わるまでは、遠田も俺と話してくれる気があるようだ。ちょっとホッとしつつも所在なく六畳間に突っ立っていると、再び廊下がわの襖《ふすま》が開いた。マグカップがふたつ載ったお盆を手に、遠田が立っている。コーヒーのいい香りがした。

「二階で話そう」

ごうんごうんと洗濯機がまわる音を遠く聞きながら、遠田のあとにつづき、階段を上って仕事部屋へ入った。

室内はほぼ半分が大判の毛氈《もうせん》で埋まっている状態で、そのうえに上質の画仙紙《がせんし》が五枚並べられていた。どれも縦二十センチ、横三十センチほどの横長の形状に裁断されており、うち四枚には、力強く端整な文字で人名が縦にしたためられている。名前は全部で九人ぶんで、一枚につき一名の名前がドーンと書かれた紙もあれば、二名の紙、四名の紙もある。名前の右に肩書きが添えてあるひともいるようだが、文字が細かくて咄嗟《とっさ》には読み取れなかった。

残る一枚には、左から右へと横書きで三行にわけ、「三代目末山組　隠退解散式　御芳名録」と、これまた隆々かつ端整に大書《たいしょ》されている。

「な、なにごとですか、これは」

俺はびっくりして立ちすくむ。遠田は俺にお盆を手渡し、もう墨が乾いていたらしい画仙紙を拾い集めて窓辺の文机《ふづくえ》に載せた。毛氈を畳み、部屋の隅に寄せる。文机のまえの座布団にはカネコ氏が座っていたが、「やれやれ、やっと足の踏み場ができた」とばかりに畳に下り立ち、のびをした。

「まあ座れよ」

と遠田は言い、自ら実践して、部屋の真ん中にさっさとあぐらをかく。俺は襖を閉め、遠田と向かいあう形で正座して、お盆をあいだに置いた。

「このあいだ、神保町《じんぼうちょう》で声かけてきたじいさんがいただろ」

「はい」

「あのじいさん、中村二郎《なかむらじろう》っていって、ヤクザの組長だ」

「えっ」

あの小柄で人畜無害そうなご老人が。ひとは見かけによらないとはこのことだ。

「ヤクザっつっても、いまどき一本独鈷《いっぽんどっこ》でやってる、神田《かんだ》の小さな組だけどな」

「ええっ」

反射的にまた驚いてしまったが、専門用語というか業界用語というかがよくわからない。

「すみません、イッポンドッコとはなんでしょうか」

「ニュースで耳にするような、有名で大きいヤクザの組織には入らねえで、独立独歩でやってる組ってことだ」

「はあ」

「チカも聞いたとおり、中村さんは四月に末山組《すえやまぐみ》の三代目組長の座を退き、渡世《とせい》からも引退することに決めた。それに伴い、四人いる組員も堅気《かたぎ》に戻るらしい」

俺は最前からいやな予感がしていたのだが、いまや予感はほとんど確信に変わり、遠田の背後にある文机にちらと視線を投げた。さっきまで毛氈に載っていた画仙紙。あれはいったいなんだ？　「末山組」とか「隠退《いんたい》」がどうこうと書いてなかったか？

「通常、組長の引退式と跡目の披露目《ひろめ》は華々しくやるもんだが、末山組は解散するからな。式は組員と、ごく親しい間柄にある関係者だけで、中村さんの自宅で簡単にすませるらしい」

「ははあ」

もう、どんな反応をすればいいのかわからなかった。「関係者」といったって、それもやっぱりヤクザなんだろう。俺はまったくその筋には詳しくないが、兄弟分の盃《さかずき》を交わしたとかなんとか、そういう仲のことを、遠田なりにぼやかして表現したものだと思われた。

「引退式や襲名披露では、芳名録《ほうめいろく》が作成されて参加者に配られる。ふつうは立派な表紙をつけて、冊子に仕立てる。端っこに穴をふたつあけて、紐《ひも》を通して綴《と》じるんだ。けど、末山組は金欠だから、コンビニでコピーしてホチキスでとめるってさ。あとは書き揚《か》げ《あ》も作って、式を執り行う部屋の壁に貼る」

「あの……」

俺が聞きたいことを察したらしく、

「カキアゲって言っても、天ぷらじゃねえぞ」

と遠田は笑った。「席次を示す、大きな短冊状《たんざくじょう》の紙のことだ。名前が書いてある垂れ幕が、部屋の壁に何枚も貼ってあると思えよ。参列者は、自分の名前が書かれた紙のまえに座る」

「なるほど。それで、まさかとは思いますが、遠田さんは……」

「そう。中村さんの引退式の、芳名録と書き揚げを書かせてもらうことにした。いま書いてたのは、芳名録の原稿だ」

「どうしてですか！」

俺は思わず腰を浮かした。「引退するとはいえ、そんなヤクザの組の行事に手を貸すのはやめてください！　あの中村さんてひとに脅されでもしたんですか!?」

「脅されてなんかねえよ」

どうどう、と遠田は俺をなだめた。「神田の組事務所兼中村さんの自宅に行って、こっちから願いでた。ずいぶん渋られて、『うん』って言ってもらうのに苦労したぐらいだ」

「ですから、どうしてそんな……」

俺は頭を抱えたくなった。「近年は特にコンプライアンスが厳しいんですよ。三日月ホテルでも、ご宿泊はもとより宴会場のご利用も、反社会的勢力のかたはお断りしていて、それなのに暴力団と取引のあるひとに筆耕役をお願いするわけには……」

そこまで言って、やっと俺は気づいた。こんなこと、遠田はすべて織り込みずみだ。芳名録と書き揚げとやらを書くと決めた時点で、覚悟はとうに決めていた。だから、筆耕士の登録を解除してほしいとメールしてきたのだ。

「遠田さん、本当のことを言ってください」

俺は必死に訴えた。中村氏は遠田の古い知りあいのようだが、だからといってヤクザのために、遠田に道を踏みはずさせるわけにはいかない。

「やっぱり脅されてるんじゃないですか？　もしそうなら、三日月ホテルの顧問弁護士を紹介できると思いますし、私が中村さんにガツンと言ってやりますから。もうお代を受け取っちゃったんだったら、すぐ返金して……」

「金銭は発生してねえよ」

遠田の声は低く静かだった。「言っただろ。ただ書かせてほしいから、俺が中村さんに無理やり頼みこんだんだ。芳名録と書き揚げをだれが書くかは、中村さんと俺しか知らねえことだ」

「俺も知ってしまいましたよ！」

思わず自称が「俺」になった。この事態にどう対応すればいいのか混乱し、泣きたいような気持ちだ。

遠田の登録を解除などしたくない。有能な筆耕士を失いたくないからだけでなく、遠田と過ごした時間や、遠田の存在自体を切り捨てるようなことはしたくなかった。でも、三日月ホテルや、ホテルの従業員である俺の、立場や倫理に照らしあわせて考えると……。遠田がヤクザの引退式に書を提供すると知ってしまったからには、登録解除以外にないではないか。

知りたくなかった。俺にはなにも知らせずに中村氏に書を送り、そのままなに食わぬ顔で筆耕役をつづけてくれればよかったのに。

俺が結論に行き着いたのを感じたのだろう。

「万が一ってことがある」

と遠田は決然とした口調で言った。「万が一、俺が書いた字だってことが外部に漏れて、チカや三日月ホテルにまで累《るい》が及んじゃまずい。だから登録を解除する」

「はい……」

俺は力なくうなずいた。「でもやっぱり、わかりません。どうして遠田さんがそこまでしなきゃならないんですか」

「パンダが地球外生命体だと気づいちまったから、って理由じゃダメか」

「これは別れ話じゃないし、真面目に聞いてんですよ私は」

「牛肉の女だって真面目に依頼してきたってのに、どの口で言ってんだおまえは」

遠田はため息をつき、作務衣《さむえ》の下に着ていた長袖Tシャツの左の袖をまくった。「できれば曖《あい》昧《まい》にしときたかったんだが、まあ、あんなメールを送ったら、おまえは事情を聞きにすっ飛んでくるんだろうなとは思った」

俺はしばし言葉もなく、露《あら》わになった遠田の腕に見入った。肘《ひじ》から手首のうえまで、濃い藍色の線で模様が描かれている。牡丹《ぼたん》だろうか。きれいな花の模様だ。思わず手をのばし、指さきで皮膚に触れてみる。なめらかで、少しひんやりしている。シールでも、ましてや筆で描いたのでもない。本物の刺青《いれずみ》だ。

「ええと……」

俺は指を引っこめ、足がしびれてきていたので、あぐらをかくことにした。まだまだ話をする必要がありそうだ。

遠田は袖をもとどおりに下ろし、

「ここまでやったところでムショ行ったから、これは筋彫《すじぼ》り、輪郭だけな」

と言った。「両の二の腕と背中は色も入ってるぞ。ちなみに背中はもちろん獅子《しし》。見るか？」

俺はぶるぶると首を振った。

「遠田さんもヤクザなんですか」

「元な。もう足洗って十二、三年にはなるから、チカはいまんとこ、ヤクザの密接交際者には該当してねえ。安心しろ」

「いや、びっくりして、なにがなにやらなんですが、足を洗ってからの年数が安心とどう関係するんです。遠田さんは遠田さんでしょう。そこはもともと安心してますよ」

最大級の混乱に襲われ、うまく頭がまわらなくなっていたので、とにかくわからない点を打ち返していくことにした。それ以外に対処のしようがない。

遠田はちょっとふいをつかれたように俺を見て、

「へえ、俺は案外チカに信用されてたんだな」

と笑った。「ヤクザってのは、辞めて堅気になっても、五年ぐらいは警察とかに記録残ってて、部屋も借りられねえし新しい銀行口座も作れねえ。そのあいだに交流があったやつも、一応はマークされるんじゃないか。知らんけど。末山組は縁日でテキ屋やったり、組員総出で内職したりしてるような小さい組だし、そのなかでも俺は下っ端だったから、辞めてからほんとに五年も、警察が俺の行動を見張ってたとは思いにくいが」

五年間、賃貸契約もできなければ口座も作れない状態では、せっかく更生しようにも、まともな生活を送れないではないか。おかしな制度な気がしたが、それよりも気になることがいまはある。

「つまり遠田さんは以前、中村さん率いる末山組の構成員だったんですね？」

「おう。『率いる』っつっても、当時も組員数名だったけど。そういえば、森《もり》さんの名前が芳名録のリストになかったなあ。きっと亡くなっちまったんだな、あのころからよぼよぼしてたし」

遠田はしんみりしているが、こっちはそれどころじゃない。

「あのあのあの」

と話をもとに戻した。「そんな小さくて、時代劇の長屋暮らしみたいなヤクザの組にいたのに、どうして刑務所に入ることになったんです。いえ、失礼な言いかただったらすみません。しかしそもそも、なんで書家なのにヤクザになるんですか。まったくわけがわからない」

「ヤクザから書家になったんだよ。ふつうに考えりゃわかるだろ。書家で食ってけるのに、わざわざヤクザになるやつなんかいるか？」

ふつうに考えても、ヤクザから書家になるいきさつだってわからない。俺の脳内の混迷は深まるばかりだった。遠田は思い出したようにマグカップを手にし、中身のコーヒーがすっかり冷めていることに気づいて、すぐにお盆に戻す。

「しょうがねえ、順を追って話そう。ちっと長くなるかもしれないが」

座布団に顎を載せて寝ていたカネコ氏が起きあがり、足音もなく歩いてきて、遠田のあぐらをかいた腿《もも》に身をすり寄せた。単に脇腹がかゆかったのだろうが、励ましているみたいにも見える。

遠田はカネコ氏の背を撫でながら、考えをまとめているようだった。俺もあぐらをかいてはいるが、傾聴の姿勢を示すため背筋をのばす。

ややあって遠田は語りだした。

「あまり思い出したくもねえから、北関東の某県ってことにするが、俺の生まれは人口十五万弱のよくある地方都市だ。駅前はシャッター商店街になりかけてて、夜になると大通りからちょっと入ったあたりの、飲み屋や風俗店が並んだ二本ぐらいの通りが、かろうじて繁華になる、みたいなさ。俺が小学生のころ、少し郊外の国道沿いにショッピングモールができたらしいが、俺は結局行かずじまいだ。うちには車も金もなかったから」

カネコ氏が遠田の手をすり抜け、俺のスウェットの膝もとをふんふん嗅いだ。「なんでワレが遠田の服を着とるんじゃ」と言いたげだ。遠田はお盆のマグカップに視線を落としたままつづけた。

「ほかにもいろいろ、ないものはあった。父親はもとからいなかったし、母親もたまに家にいるときは酔っ払ってるか男と寝てるかだった。まあ、よくあるパターンだ。さっき『小学生のころ』って言ったが、実際のとこ、俺は学校にはろくに行ってない。母親は最低限の金を渡すだけで俺には無関心だったし、そのわりに、担任や福祉関係のやつがアパートを訪ねてきたときに居合わせると、激怒して追い返してたから。『学校に行かないとめんどくさいことが起きるな』ってのは子ども心にもわかって、洗濯機の使いかたを把握してからは、波風立たないように、たまに登校するようにしておいた」

「洗濯機？」

「そう。どんだけぼんやりしてたんだろうなあ」

遠田は笑った。「アパートの外廊下に置いてある埃《ほこり》をかぶった箱がなんなのか、俺は小学二年生ぐらいまでよく知らなかったんだよ。家んなかはものでぐっちゃぐちゃで、母親は洗濯なんかしねえ。仕事に着てく服は、気が向いたらクリーニングに出してたのかもしれねえけど。俺も最初は、ぐっちゃぐちゃのなかから、適当に引っぱりだした服を着て学校に行ってたんだが、当然『くさい』って言われるだろ？　うんざりして、一年の一学期ぐらいで、早くも通うのサボりだしてた。だから隣の部屋に住んでたねえちゃんが洗濯機使ってるのを見て、『そうか、服を洗えばいいんだ！』って思いついたときは、なんかうれしかったな。でもま、友だちなんかいないし、授業にもついていけねえしで、教室でボーッと座ってるしかなくて、やっぱり学校はたまに行くだけだったわけだが。昼間に表をぶらついてると大人に声をかけられるから、ずっと部屋でテレビ見てた」

完全な育児放棄ではないか。いまの朗《ほが》らかで豪快な姿からは想像もつかない生活を、遠田は明るいとさえ言える調子で語る。俺はなんと返せばいいのかわからず、

「でも」

と声を絞りだした。「でも遠田さんは、むずかしい漢詩をさらさら書きますよね。あれはいったいどうやって……」

「そりゃあ、あとになって必死に勉強したのさ」

遠田は箪笥《たんす》のうえの康春《やすはる》氏の写真に視線を投げた。「じじいが、『わからない言葉や漢字があったらこれ使え』って、辞書の引きかたを教えてくれた。そういえば、テキ屋時代も釣り銭の計算は速かったし、兄貴分が買ってた実話系の週刊誌を見てるうちに、日常的に使う漢字の読み書きぐらいはできるようになってた。必要に迫られりゃ、人間なんとかなるもんだ」

「しかしあの、おうちがその状態で、ご飯はどうしてたんです」

「コンビニと電子レンジがあんだろ」

と遠田がいばったように言うのに合わせ、カネコ氏が俺の足の親指をがじがじ噛んだ。「いててっ」と足を跳ねさせたら驚いたのか、カネコ氏はぴゃーっと部屋を縦断して文机の下にもぐりこんでしまった。

「賭けてもいいが」

遠田はあぐらをかいたまま体をひねり、カネコ氏を引っぱりだして膝に抱きあげながら言った。

「どんなにぐっちゃぐちゃの部屋でも、電子レンジのドアを開閉できるだけのスペースは確保されてるはずだ。そこもふさがってたら、いよいよ危ない。住人の精神状態とか生きる意欲とかがな」

「なるほど」

「俺の母親は、俺が餓死しない程度には金を置いといてくれたから、まだましだったのかもしれん」

とてもそうとは思えなかったが、俺が否定するのもちがう気がして、曖昧にうなずくにとどめた。遠田がなぜ、佐々木《ささき》くんの代筆を引き受けたがらなかったのか、なにがわからなくて「うまく書けない」と判断したのか、なんとなく察せられたような気もした。俺は動揺のあまり動悸がして、ろくに相槌《あいづち》も打てなくなった。遠田はおかまいなしに話をつづける。

「それに中学生になったぐらいから、まあ学校はあいかわらずあんま行ってなかったが、とにかくそのころから、ひょろひょろ背がのびだしたんだよ。そしたら自分で稼げるようになった」

「え？」

年齢を偽ってバイトでもしたのだろうかと思ったのだが、

「小遣いをくれる女と寝る。たまにおっさんとも」

と遠田が言い添えたので、今度こそ俺は絶句した。「モテ」の話をしたときの、遠田の暗い目を思い出した。

「そんな……」

と俺は言った。憤《いきどお》りのためか悲しみのためか、とにかく感情が渦巻いてしまって手が震えた。

「子どもにそんなことするなんて、犯罪じゃないですか」

「まあろくでもねえやつらだよな。あとあとヤクザになった俺が言えたこっちゃないけど」

遠田はカネコ氏の喉をくすぐってやっている。「とにかく、少しでも金が手に入れば、そのぶんだけ自由に動けるようになる。ますます学校から足が遠のいたかわりに、俺はしみったれた町のしみったれた繁華街に出入りするようになった。『どんなにきらって軽蔑してても、こうやって親と似た道を行くようにできてるもんなんだな』と思ったよ。現に、そっちのほうが俺にとっては息がしやすかった。同じような境遇のやつも多かったから、家のことをいちいち説明する必要も、妙な同情の視線を浴びることもなかったし、夜の街はすべてがわかりやすい法則でまわってる。金と腕っ節だ」

いま、俺は遠田にいちいち説明させてしまっており、それは遠田にとって煩《わずら》わしく苦痛を伴うことだろう。そもそも俺は遠田のなにを知りたかったのか、こういう話をさせたかったわけではないはずだと、だんだん苦しくなってきた。いちいち説明することを通し、「おまえと俺とじゃ、なにもかもがちがう」と遠田にさりげなく線引きされている気もして、苦しさはより増した。

「もうなにも言わなくていいです」と言いたかった。でも遠田は過去について語るのをやめない。

「中学をなんとか卒業した直後、母親が死んだ。俺が女のとこから朝帰りしたら、アパートの部屋で冷たくなって転がってた。そうなる気はしてたから、特に驚きはなかった。明らかに酒で体壊してる感じがしたし、検死の結果、クスリもやってたらしい。『病院行けば』って言っても行きたがらなかったのは、金がねえからだけじゃなく、そのせいだったのかもな。俺は市役所のやつに教わりながら、焼き場やら埋葬やらの手配して、貯めといた金だけ葬式代がわりに置いてトンズラした。一応、地元の工場に就職決まってたんだが、こんなシケた町で死ぬまで暮らすなんて冗談じゃねえと思ったから」

遠田は露悪的に語っているが、なんだかんだでお母さんが生きているあいだは見捨てられず、家出もできなかったんじゃないかという気がした。

「地元でぷらぷらしてるときに知りあった、三つ歳上の元木《もとき》って男が東京に出ていて、ほかにツテもねえから、最初はそいつのところに転がりこんだ。そんでまあ、元木に仕事まわしてもらいつつ、食わしてくれる女のとこ転々として、上野《うえの》界隈《かいわい》で適当に暮らした。都会ってのはいいもんだなと思ったよ。俺に注意を払うやつなんかそうそういねえし、気楽だった。そのうち元木がご多分に漏れず、ある組の組員になった。それこそチカでも知ってるような、全国展開してるでかい組の下部組織だ。元木は、『おまえも向いてると思うから、入れば。兄貴を紹介してやる』と誘ってきた。たしかに自分でも、このままヤクザになるんだろうなとは思ってたが、俺は迷った」

「どうしてですか?」

「ヤクザになったって、最初はうまく稼げやしないだろ? その場合、どうすると思う」

「なにかバイトをするんでしょうか。新聞配達とかコンビニとか」

「おまえのピントは、どこまで呑気《のんき》にはずれてんだよ。風景ボケボケで、心霊写真が撮れるレベルだぞ」

遠田はあきれたように言い、膝でうたた寝するカネコ氏の腹を揉みしだいた。カネコ氏が迷惑そうに薄目を開ける。

「あのな、ヤクザってのは職業じゃなくて『生きかた』なんだよ。少なくとも建前上はそういうことになってんの。でも『生きかた』なんていうガイネンだけじゃ食えねえから、シャブ売ったりみかじめ料取ったりフロント企業経営したり、ありとあらゆる暴力と知恵を駆使して金稼ぐんだよ。つまりそういう経済活動自体が、すでにして、『生きかた』を実践するためのやむをえぬ副業みたいなもんで、そこにさらにバイト活動まで加わったら話がややこしくなんだろ。だいいち、コンビニや新聞配達の仕事をまっとうにできるやつは、ヤクザにはならん！」

「す、すみません」

「たとえばみかじめ料を取りたくても、シマはガッチガチに固まってるから、あとから割りこんで分捕るなんて、まずできない。うまいシノギを見つけて、『自分で稼げるヤクザ』になるには、経験と才覚が必要だ。じゃ、稼げないあいだはどうするか。女に食わせてもらうんだよ。どんな大親分も、若いころはだいたい女のヒモだったはずだ」

「じゃあ遠田さんにぴったり……。いえ、なんでもないです、すみません」

またピンボケかつ無神経なことを言ってしまったかと、慌てて謝ったのだが、
と、遠田は胸を張った。モテを自慢したいんだかそうじゃないんだか、はっきりしてほしい。

「元木の言いぶんも、『薫《かおる》はモテるから向いてる』だった」

「けど、俺はどうも気が乗らなかった。食《く》い扶持《ぶち》からなにから全部女に面倒見てもらうとなると、相当マメじゃねえとダメだろ？　俺はそこまで女に興味ねえんだよ。十八かそこらだったのに、なんか枯れきっちまってたっつうか」

若くして「枯れた」背景には、そこに至るまでのあいだに遠田を搾取《さくしゅ》してきた大人たちの影響がおおいにあるのだろうと思ったが、もちろん俺は黙っていた。

「でもまあ、気合いだけは入れとくかと思って、鶯谷《うぐいすだに》の腕のいい彫り師んとこに行った」

「ちょっと、ちょっと待ってください」

話が急に飛んだ気がする。「なんの気合いですか？」

「彫り師にも、『なんの気合いだ、バカなのかてめえは』って言われたな」

遠田はなつかしそうな顔をした。「『よく考えもしねえで、浮かれてこんなとこ来やがって』って。こっちも若いからブチ切れて、『考えてるよバカヤロー！　もうヤクザになるしかねえけど、これだって組もねえから、とりあえず形から入ろうとしてんだろうが！』って怒鳴ったら、末山組を紹介してくれた」

「そんな就職斡旋《あっせん》みたいなシステムがあるんですか!?」

「いや、ふつうは彫り師が紹介なんてしないけど、よっぽど俺が頼りなく見えたんじゃねえの。『これだって、どんな組を想定してんだ』って聞かれて、『女を食いもんにしなくてすむ組』って答えたら、『あるぞ』と」

刺青は断られたが貴重な情報を得た遠田は、さっそく神田の末山組を訪ねた。組長の中村氏は、遠田にまったく身寄りがないことを知って、行儀見習いとして事務所兼自宅に住み込むことを許した。

「その日から、俺は兄貴たちに教えてもらって、炊事やら掃除やらをしたり、近隣の縁日で屋台を出したりした。オヤジはたぶん、俺をヤクザにするつもりはなかったと思う。礼儀には厳しいが、『なにかやりたいことはねえのか。学校に行きたけりゃ金出すぞ』と、いつも言ってたからな。みんなで内職の封筒貼りしてるのにだぜ？」

遠田は愉快そうに肩を揺らす。「俺はオヤジに拾われたんだ。兄貴も気のいいひとたちで、近所の住人ともそれなりにうまくやってた。おとぎ話のなかのヤクザみてえで、『この組にいても、金持ちにはなれねえな』と思ったけど、べつにそれでよかった。元木には、『よりによって、あんな貧乏一家に』と嗤《わら》われたが、俺はオヤジを本当の親、兄貴たちを本当の兄弟みたいに思ってた」

遠田が手に入れたかったのは、金やいい車やきれいな女性の歓心ではなかったということなのだろう。真に求めてやまなかったものが、疑似家族的なヤクザの組にしか存在しなかったのは、なんとも切なく皮肉だと俺には思えたが、腑《ふ》に落ちもした。どんなにうしろ指を指され、排斥されようとも、反社会的勢力が決してなくならないのは、そこしか行き場がなく、そこでしかうまく息ができないひとたちがいるからだ。その場所に行き着いた原因と責任のすべてが、そのひとたちのみにあると言えるだろうか？

遠田は行儀見習いを二年ほどし、渋る中村氏を説得して、正式に盃を交わしたのだそうだ。それを機に鶯谷の彫り師のもとで、刺青も入れてもらいはじめた。

「金が貯まるたびに、少しずつ彫るんだ。猛然と封筒を糊付《のりづ》けして、たこ焼きも猛然と焼いて売ったぜ。ま、それだけじゃたりねえから、たまに女と寝て小遣いももらったけど。鶯谷通いはすぐにバレて、『なにしてんだバカヤロー！』ってオヤジに殴られたが、そう言うオヤジも昔気質《むかしかたぎ》だから、立派なモンモンしょってんだよ。説得力ねえよな」

あの温厚そうで人品《じんぴん》いやしからぬ風情の老人の背中に、刺青が……。ホテルマンとしてひとを見る目は養われていると自負していたが、どうやら俺もまだまだらしい。

遠田は末山組でそれなりに楽しく幸せに日々を送っていたが、正式に組員になって一年ほど経ったある日、元木からひさしぶりに電話があった。

「夏の蒸し暑い夜だった。『これから野暮用で出かけなきゃならなくなったんだが、酔っ払っちまってるから運転頼めないか』と。『タクシーで行ったらどうですか』って言っても、『金がない』とかなんとか粘るんだ。断ってもよかったんだが、元木にはなんだかんだで世話になったし、ちょうど事務所当番じゃない日だったしな。事務所に詰めてた兄貴分に、『ダチに呼びだされたんで、ちょっと外出します』って声をかけて、元木がいるっていう上野の飲み屋まで電車で出かけていった。元木はたしかにひどく酔ってて、やつが近くのコインパーキングに停めてた車に連れていくにも、肩を貸さなきゃならんほどだった」

ところが元木は助手席に収まってしばらくすると、酔いが覚めてきたのか目が冴え冴えとし、けれどがたがた震えだしたのだそうだ。遠田は元木に指示されたとおり、浅草寺《せんそうじ》のほうへと車を走らせながら、「吐きそうなら停めるから言ってくださいよ」と何度も声をかけた。

「でも、『大丈夫だ』の一点張りで、がたがたしてんだよ。ヤクでもやってんなら面倒だなと思って、安全運転を心がけた。おまわりに停められたら、ややこしいことになるからな」

だが、本当にややこしいことが、そのさきに待ち受けていた。

黒の古いセダンは夜の隅田《すみだ》川《がわ》を越えた。ますます細かくなる元木の指示に従い、遠田が運転する車は住宅街の入り組んだ道を何度も右左折して、五階建てのマンションのまえで停まった。

「ここでちょっと待っててくれ。すぐに戻る」

と元木は言い、震えているあいだもずっと膝に置いていたセカンドバッグを小脇に、車を降りた。その夜のありさまが目に浮かぶようで、遠田の語りに聞き入っていた俺は、頭の片隅で「ヤクザってやっぱりセカンドバッグ持ってるんだ」と、どうでもいいことに感心した。当時の遠田はといえば、その時点でようやく、「もしかして、まずいことに巻きこまれたんじゃねえだろな」と思いはじめたのだそうだ。

遠田はじりじりしながら運転席で待った。十分もしないうちにパーンパーンと乾いた破裂音がし、「くそが」と遠田は吐き捨てた。大通りを走る車のバックファイアーだと思いたかったが、たぶんちがうだろう。咄嗟にサイドブレーキを下ろしたところで、マンションから元木が小走りに出てきて、助手席に乗りこんだ。セカンドバッグを胸に押し当てるように抱えている。遠田はとりあえず車を発進させ、

「まさかとは思いますが、やっちまったんじゃないでしょうね」

と聞いた。

「ああ、やった」

「ふざけんな！」

遠田は右手で拳を作り、ハンドルに叩きつけた。「だれを！」

元木が挙げたのは、元木の組とは敵対する組の中堅幹部の名前だった。

「ふざけんなよ‼」

と遠田はもう一度吼《ほ》えた。「なんで俺があんたの組のいざこざに巻きこまれなきゃならねえん

だ。ここからは元木さん一人で、どこへでも行ってくれ」

ちょうど大通りに出たところだったので、遠田は車を路肩に停め、運転席から降りようとした。元木がセカンドバッグから拳銃を出し、遠田に向けてかまえた。

「出頭するから向島《むこうじま》署まで運転しろ」

と元木は言った。目がぎらついていて、明らかに興奮状態にある。ここに至っては、もうどうしようもない。遠田は向島署へと車を走らせ、元木と一緒に逮捕された。

「で、俺は殺人幇助《ほうじょ》で懲役四年。一応模範囚だったから三年で出たけど」

「長くないですか！　ていうか、なんで遠田さんが捕まるんですか!?」

俺は思わず叫んだ。「だって、元木ってやつにだまされて、なにも知らずに運転手役をさせられただけなんですよね」

「まあな。中村さんをはじめとする末山組のもんだけじゃなく、元木のいた組のやつらまで、そう主張した。けど、所詮《しょせん》はヤクザの証言だし、そもそも事件の構図がよくわからん。元木は当初から、『女の取りあいになって、敵対する組の組員を殺した。個人的な怨恨《えんこん》だ』と供述した。元木の組も、『うちは関係ない。元木が勝手にやったことだ』と言っている。ただ、それがどこまで本当なのかは藪《やぶ》のなかだ。いまは下っ端の組員がやったことでも、組の上層部まで使用者責任が問われるからな」

「つまり、本当は組の命令で元木は鉄砲玉になったのに、組に累が及ばないように、『個人的な怨恨だ』と言い張ってるのかもしれない、ということですか」

「ああ」

「女性が絡んでると言うのなら、そのひとに事情は聞かなかったんですか？」

「襲撃された男もろとも、元木が撃ち殺してた。たしかに元木と女は顔見知りではあったみたいだが、痴情のもつれが発生するような仲だったかどうかはあやしいところだ」

なんと……。元木は女性も含めて二人も殺していたのか。俺は改めてショックを受けた。

「女も殺されたと聞いたとき」

と遠田は言った。「『こりゃもう粛々と裁かれるしかねえな』と、全部を受け入れる気持ちになった。俺が間抜けに運転なんか引き受けなけりゃ、そのヤクザも、女も、殺されなかったかもしれん。取り返しがつかねえことになったと思った」

「そんな……。私にはやっぱり、遠田さんのせいだとは思えません」

「元木が鉄砲玉だったにしろ、一人で思いつめてやったことにしろ、ヤクザがヤクザを襲うときに、まったく関係ねえ組のヤクザを運転手役に誘うなんて前代未聞だ。元木はなにがなんでも、俺を道連れにしたかったんだろう。俺は相当、元木に恨《うら》まれてたってことだ。そんなことにも気づかず、俺が誘いにうかうか乗るバカだったせいで、二人も死んで、末山組も元木のいた組も、面目丸つぶれだ。元木は死刑が確定したらしいが、そうじゃなくシャバに出てきたとしても、無事じゃいられなかったかもな」

「末山組はどうだったんです。中村さんは、遠田さんのことを許してくれてるみたいじゃないですか」

「オヤジや兄貴たちは接見に来たとき、『俺らに金がねえせいで、いい弁護士雇えなくて、どうにも執行猶予《しっこうゆうよ》がつかなそうですまんな』って言ったよ。ひとがよすぎだろ」

遠田はくすぐったげに笑う。それで俺はピンと来た。

「遠田さん。元木は遠田さんを恨んでたんじゃなく、妬《ねた》んでたんだと思います。遠田さんがうらやましかった。だから遠田さんを誘って、巻きこんだんですよ」

「うらやましい？　俺のことが？」

遠田は目をぱちくりさせた。青空を切り裂く飛行機雲をはじめて見た子どもみたいに、なんだか無邪気な表情だった。

「へえ、その観点はなかったな」

「遠田さんが末山組のみなさんと楽しく暮らしていたのは、べつに遠田さんの落ち度なんかじゃないわけで、やっぱり遠田さんはなにも悪くないです」

「俺にカウンセリングは必要ないぞ」

遠田はいやそうな顔をした。「どうもチカをまえにすると、しゃべりすぎるな」

「遠田さんにとって、中村さんや末山組が大切な存在で、恩義を感じてることはわかりました」

遠田が話を切り上げようとしていると察し、俺は急いで尋ねる。「でも、もう一個わからないことがあります。どうして遠田康春さんの養子になったんですか？　遠田さんがヤクザの引退式のために書を書くことを、康春さんはどう思われるんでしょうか」

「死んだ人間は、なにも思わねえよ」

遠田はぼりぼりと頭を掻いた。「でもじじいなら、『いま書かないでどうする』って言うんじゃないか。なにしろヤクザだとわかってて、俺を養子にしたじじいだからな」

遠田が康春氏と出会ったのは、刑務所にいたときのことだったそうだ。

「ムショにもクラブ活動ってのがあるんだよ」

と遠田は言った。「書道とか絵とか短歌や俳句とか、ボランティアで指導してくれるひとが来る。じじいもそのころは足腰達者だったから、てんてこ電車に乗って、俺がいる刑務所まで教えにきてた。俺は最初、かったりいと思ってたんだが、同房のやつに誘われて書道クラブに顔を出してみたら、けっこう向いてたんだな、これが」

遠田はそれまで、学校の書写の授業すらほとんど受けたことがなかった。だが、またたくまに書の魅力に取《と》り憑《つ》かれ、刑務所内で作業するときも運動するときも、頭のなかでは筆の運びを思い浮かべるようになった。寝るまえの短い自由時間には、雑居房で水に浸《ひた》した筆を黙々と半紙にすべらせた。墨も半紙も貴重なので、苦肉の策である。「またやってんのか」と受刑囚仲間からからかわれ、いやがらせに筆を隠されたりすることもあったが、遠田は気にせず練習に励んだ。

月に一度、クラブ活動で刑務所を訪れる康春氏は、めきめき上達する遠田の書を見て、

「おまえ、筋がいいな」

と言った。「本気でやるつもりがあんなら、ここを出たあと、うちに来い」

遠田は褒められることに慣れていなかったので、

「調子いいこと言いやがって。どうせだれに対してもそう言ってんだろ」

とまともに受け取らなかった。照れくさかったし、期待して突き放されるのがこわかった。だが康春氏は、

「肝《きも》っ玉《たま》のちいせえやつだな。本気でやんのか、やんねえのか、すっぱり決めろ」

と詰め寄る。

「そりゃ、やれるもんなら本気でやるよ。でも無理だろ。ヤクザなうえに前科ついたし、学もねえし」

「べつに、はぐれもんだったり罪を犯したりしたからって、書をやっちゃいかんということはなかろう。書は、書いたものの心を映す鏡だ。自分に向きあうためにも、おまえにはぴったりだと思うがな」

康春氏は毎回熱心に指導し、遠田もそれに応えてますます腕を上げた。そして遠田が出所する日、康春氏夫妻が迎えにきた。

「じじいはもう、末山組にも話を通してたんだ。出所したその足で、三人で組事務所へ挨拶に行った。オヤジは俺を絶縁破門にして、『こいつをよろしくお願いします』と、じじいとばあちゃんに深々と頭を下げた。事務所を出るとき、兄貴たちは黙って見送っていた。俺の肩を、だれかがポンと叩いてくれた。俺はぼろぼろ泣きながら、じじいとばあちゃんにくっついて歩いた。そんで、この家に来たんだ」

遠田はヤクザを辞めたあと、賃貸契約に困らずにすんだのだ。

康春氏夫妻と正式に養子縁組した遠田は、「遠田薫」としての暮らしをはじめた。康春氏から

書を習い、自身でも必死に辞書や字典を引いたり、過去の能筆家の書を眺めたり、漢詩を覚えたりして、研鑽《けんさん》を積んだ。康春氏を手伝いつつ、書道教室に通う子どもたちとの接しかたも学んでいった。すべてがはじめての経験で戸惑うことばかりだったが、遠田はふ、つ、う、で、ま、っ、と、う、な人間になろうと努めた。

「じじいは変人だからまだしも、ばあちゃんがすごいと思う」と遠田は言った。「どこの馬の骨ともわからねえヤクザなんて、だれだって敬遠するだろ。でもばあちゃんは、ちょっとでも俺がそんなこと言おうもんなら激怒した。『薫はやっとできたあたしたちの子どもなのに、そんな情けないこと言って!』ってさ。俺が洗濯すると、『助かるねえ』って喜んでくれる。一緒に台所に立つと、『うちのぼんくら亭主も、薫を見習えばいいのに』ってくさす。朝は俺の部屋に乱入してきて、『いつまで寝てんの!』って定規でばしばし布団を叩く。組にいたときよりももっと、俺は思ったよ。『もしかして家族って、こういうものなのかな』と」

ふいに、遠田が好きだと言った漢詩の一節が頭に浮かんだ。「商女《しょうじょ》は知らず、亡国の恨み」。なにも持たずに子ども時代を過ごし、その後もいろいろなものを失いつづけた遠田は、それでもついに、大切な人々、自分を迎え入れてくれる場所を、手に入れたのだ。

あの書に響いていた冷たく凍ったようなうつくしい音色は、とうとうあたたかい場所を知らず、息子にも与えられないまま亡くなった、遠田の母親に捧げられたものだったのかもしれない。

「中村のオヤジと、じじいとばあちゃんが、俺を救ってくれた」

遠田は静かに言った。「俺にとっちゃ、神さまみたいなもんだ。ま、神さまからべつの神さまに乗り替えただけで、だから俺の書は肝が据わらず、じじい曰《いわ》くの『猿真似』なのかもしれんが」

「そんなことはないです」

俺は万感の思いをこめて、心の底から否定した。もう、どうしたって遠田を止められないのはわかっていた。遠田はかつての神さまのために、遠田が身を捧げると決めた神さまから授かったすべての力を発揮して、書をしたためようとしている。

遠田がカネコ氏を膝から下ろし、立ちあがって寝室との境の襖を開けた。

「見ろよ、チカ」

万年床を覆い尽くす形で、人名の書かれた大きな縦長の画仙紙が八枚並べられていた。いずれも縦百三十五センチ、横三十五センチはあるので、以前に聞いた半切《はんせつ》というサイズだと思われた。これが書き揚げなのだろう。どの名前も、猛々《たけだけ》しくも品がよく端整な文字でしたためてあった。

「あとは中村さんの書き揚げで終わりだ」

遠田はそう言って、畳んであった毛氈を仕事部屋に広げた。俺もお盆をどかし、部屋の隅に退くことで、消極的ながら遠田の作業に協力した。カネコ氏も察したのか、遠田が新たな画仙紙を毛氈に置くのを、俺の隣から見守っている。こちらの画仙紙は全紙《ぜんし》サイズで、縦百三十五センチ、横七十センチもある。

遠田は最後に、墨汁の入ったアルミの灰皿と太い筆を文机から取ってきた。大切な書のはずなのに、硯《すずり》で墨を磨《す》らないのか。そういえば、遥人《はると》くんの絶縁状を書くときも灰皿に墨汁だった。とすると、ヤクザ界の合理精神を反映したしきたりなんだろうか。などと俺が思ううちに、遠田は毛氈の横に灰皿と筆をセッティングした。画仙紙に向きあって正座し、大きく息を吐く。

「じゃ、書くわ」

遠田は筆を取り、ハンターが引き金を引くときのように、あらかじめ定められた瞬間があったとしか思えないほど自然にやわらかく、穂先を紙に触れさせた。

そこからはあっというまだったようにも、時間の進みが急に遅くなったようにも感じられた。部屋じゅうの音と酸素のすべてが、遠田のうねりつつのびやかな筆づかいが生みだす黒々とした線に吸いこまれていくようで、俺は身じろぎもせず見つめるほかなかった。

末山組解散之儀

隠退

三代目末山組　中村二郎

その文字は静けさがみなぎってどこまでもうつくしく、けれど艶《つや》やかな炎のように、あるいは底知れぬ深さを秘めた夜の湖の水面《みなも》のように、黒く激しくゆらめいていた。

これが遠田の、心と体から噴きでた文字なのだと俺は思った。遠田の胸に宿る火を、悲しみと喜びを、これまで出会ったひとたちへの思いを、すべて映すとこういう文字になるのだと。はじめて遠田本来の書風、書の持つ凄みを目の当たりにしたのだと感じられ、興奮を抑えきれず震えが来た。

灰皿に筆を置いた遠田はといえば、立ったり座ったりして、いろんな角度から書を確認していたが、遠くからかすかに聞こえたピーピーという音に反応し、

「あ、乾燥終わったな」

と、さしたる感慨も見せずにつぶやいた。書に見入っていた俺は言葉の意味が咄嗟にわからず、

「は?」

と顔を上げて聞き返した。

「チカの服だよ。乾いたからもう帰れ」

もっと書き揚げを見ていたかったのに、俺は遠田に急きたてられ、一階に下りることになった。遠田が洗濯機から取ってきた服一式を渡され、玄関寄りの六畳間に放りこまれる。

ここで素直に着替えたら、本当にもう二度と遠田と会えなくなってしまう気がした。遠田の話を聞き、中村氏のための書を目撃したいま、三日月ホテルの筆耕士の登録は解除するとしても、遠田との個人的なつきあいはつづけていいのではないかと思えてならなかった。いや、つづけたかった。俺はもっともっと遠田を知り、遠田が生みだす書を見つづけたかった。

たとえばスウェットを着たまま帰れば、返却を口実に、またここに来られるのではないか。

「あのー、まだ半乾きみたいなんですが」

服はどれもほこほこにあたたまり、見事に乾燥しきっていたが、俺は廊下に立っているだろう

遠田に、襖越しに声をかけた。

「着てるうちに乾くだろ」

と返事があった。

「いやしかし、ジーンズが縮んじゃって入らないなあ」

「いいから早く着替えろ」

元ヤクザだけあってドスが利いている。俺は渋々と着替え、借りたスウェットは畳んで畳に置いた。

廊下に出た俺を見て、カネコ氏を抱いていた遠田は健康サンダルをつっかけてたたきに下り、引き戸を開けた。

「じゃあな」

「あの、遠田さん」

「よかったな、雨上がったみたいだぞ」

遠田は俺のスニーカーから湿った新聞紙を引っこ抜き、立てかけてあったビニール傘を押しつけてくる。

「遠田さん、聞いてください。私はやっぱり、遠田さんの書は猿真似なんかじゃないと思いました。もし、あの書を書いたせいで遠田さんがヤクザの密接交際者に該当するというなら、五年だか待って、また筆耕士をしてほしいですし、密接交際者の密接交際者って概念があるのか知りませんけど、それでも私は……」

「おまえにはわからねえよ」

と、遠田は俺の言葉をさえぎった。

「たしかに私は、書の素人ですが」

「そうじゃなく、なに不自由なく呑気にまっとうに暮らしてきたおまえには、どんなに密接交際したって俺のことなんざわからねえよ」

「そんな……」

そりゃ俺は、家族にも職場にも恵まれているほうだろう。同僚は気のいいひとばかりだし、お客さまのために尽くす仕事は、俺の天職だと思っている。両親はなんとなくの思いつきで息子たちに「努力」と名づけるような脳天気ぶりだが、かれらからの愛情を疑ったことはない。つまり俺は、ひもじい思いをしたことも、種々の暴力や屈辱に怯え震える日々を送ったこともなく、気恥ずかしいほど満たされ幸せな——いや、お幸せな人生を歩んでいると言える。でも、それが悪いことなのか。そんなことが原因で、遠田とは永遠に通じあえず、理解しあえずに隔てられてしまうのか。じゃあ、俺が不幸になったら、これまでみたいにこの家に来ていいってことか。そんなのはおかしいだろう。遠田にとっても俺にとっても、変な理屈だ。遠田とつきあいをつづけるかどうかに、お互いの幸も不幸も、来し方も、まるで関係はないはずだ。

そう言いたかったのだが、うまく言葉がまとまらなかった。遠田に目のまえでガラガラとシャッターを下ろされたようで、ショックを受けた俺の脳は回転速度を大幅に落としていたからだ。かろうじて、

「じゃあ、どうして遠田さんは私を呼びだしたり、代筆の片棒をかつがせたりしたんですか」

と尋ねることはできた。「私が遠田さんのことをちっともわかってない、わかろうともしないやつだと思ったのなら、近づけたりなんかせず、仕事上だけのつきあいにしとけばよかったでしょう」

「なんとなくだよ」

カネコ氏を腕に遠田は微笑み、玄関の外へと俺を片手で押しやった。「おまえはおひとよしっぽいから、代筆に利用でききっかなと思っただけだ」

もう来るな、と遠田は言い、引き戸がぴしゃりと閉まった。カネコ氏が「なあ、なあ」とめずらしく猫っぽく鳴いていたが、遠田はさっさと奥に引っこんでしまったようで、それもすぐに聞こえなくなった。

雨上がりの空のもと、俺は壊れたビニール傘を引きずりながら夜道を歩いた。濁流と化していた暗渠の道はすっかり水が引き、黒く濡れた地面に、桜の花びらが星のように白くぽつぽつと貼りついていた。

五

春の嵐にもなんとか持ちこたえた桜は、好天となった週末、盛大に花びらを散らしはじめて、花見客の目を楽しませたようだ。

俺は花見帰りのお客さまでにぎわうレストラン「クレセント」に急遽《きゅうきょ》ヘルプで入ったり、客室へご案内したお客さまと、薄ピンクにけぶる新宿中央公園を窓から眺め、「見事ねえ、すごくきれい」「はい、本当に」とお話ししたりと、あいかわらず忙しく働いた。

働きながらも、遠田《とおだ》の家をあとにしてからというもの、はらわたは煮えくりかえっていた。もちろん少し時間を置いたので、俺の脳の回転速度も通常に戻った。だから、遠田は俺のためを思って、「もう来るな」と言ったのだろうと推測はできる。でも、こっちの迷惑顧《かえり》みず呼びつけていたくせに、言うにこと欠いていまさら、「もう来るな」だと？　「なんとなく」かつ「利用できっかなと思った」だと？　俺が遠田の過去を知ったとなったら、急に臆病風を吹かせやがって、あんなやつもう知らん。

そもそも過去についてべらべらしゃべったのは遠田自身じゃないか。いや、そこには俺の体質というか特技がおおいに作用したと思われるが、勝手にしゃべって勝手に「もう来るな」とは、勝手の行き過ぎで失礼というものだ。こっちからつきあいは謝絶する！　元ヤクザとかかわったっていいことないんだし、遠田などあの家で一人さびしく書を書いとればよろしい。

つまり俺は、「おまえには俺のことなんざわからねえ」と言われ、いともたやすくシャッターを下ろされたのが悔しかったのだ。これまで過ごした時間をすべて否定されたようで、悲しくもあった。一方で、「たしかに、呑気《のんき》に過ごしてきた俺には、遠田のことをわかりようがないのかもなあ」とか、「元ヤクザとのつきあいを断てて、案外よかったんじゃないか」とか、弱気かつ保身を重視する思いも萌《きざ》し、結局、「あー、やめやめ！　もう考えない！」と、遠田の存在は頭の片隅へ無理やり追いやることにした。

ちなみに、同僚のだれにも事情は知らせず、筆耕士《ひっこうし》の名簿から遠田の登録を抹消し、ファイルの見本も抜き取って処分した。卑怯な俺であるが、三日月《みかづき》ホテルがヤクザの密接交際者と取引していたなんてことになったら一大事だし、職は失いたくない。万が一の事態に備え、「いやあ、なにも知りませんでした。遠田さんからメールで登録抹消の申し出があったので、そうしたまででして」と言い抜けられるよう、手を打ったのだ。

これで本当に、遠田とのつながりはなくなった。俺はファイルのからになったポケットをしばし眺め、ため息をついた。それからファイルを棚に戻し、なにごともなかったかのように業務に励んだ。

お客さまに笑顔で応対し、同僚以上に頻繁に持ちかけられる世間話に耳を傾ける。穏やかで、暗い影など微塵《みじん》もない、いつもどおりの日常だ。三日月ホテルの床はぴかぴかに磨きあげられ、重厚かつあたたかい雰囲気を漂わせて、今日もお客さまを迎え入れる。

五月の連休も終わり、桜もすっかり葉に覆われて、公園の木々がいよいよ輝きを帯びる季節となった。三日月ホテルも緑が照り映え、ますますきらめいて見えた。

だが、俺の心はなんとなく打ち沈んだままだった。月末のダービーを待ちきれず、早くも待ちあわせについて相談しようと電話をくれた原岡《はらおか》さんにも、

「どうした、ツーちゃん。なにか気にかかることでもあんのか」

と心配されたほどだ。

「いえ、なにも。じゃあ待ちあわせは前回同様、ウオッカ像の尻尾のあたりということで。楽しみですね」

と答えたが、そのあいだにも、追いやったはずの頭の片隅から想念がにじみでる。

いまごろ遠田はどうしているだろう。知りあいに毛が生えた程度の俺ですら遠ざけたぐらいだ。密接交際者の密接交際者のそのまた密接交際者と、密接交際者がネズミ算式に大量発生するのを防ぐために、書道教室も閉め、生徒たちの声が消えたあの家で、展示や販売のあてもなく黙々と画仙紙《がせんし》に向かっているにちがいない。カネコ氏だけを友に。

長机が並んだ一階の二間の窓辺で、カネコ氏を膝に載せてぽつんと座る遠田の姿が浮かんだ。庭の桜が散るのを眺めているようだ。それはとてつもなくさびしい情景だった。あくまでも俺の脳が繰りだした想像だというのに、居ても立ってもいられない気持ちになり、よっぽど様子を見にいこうかと思ったぐらいだ。

でも、実行には移さなかった。遠田はいつも、「また来いや」と言った。はじめて遠田本来の文字で、黒々と燃えあがりゆらめく書をしたためてみせたあの晩だけ、「もう来るな」だった。それがきっと、いまの遠田の本心からの願いなのだろうと思った。

また週末の夜勤を終え、さて帰ろうとした月曜の朝十時過ぎ、三日月ホテルの事務室の電話が鳴った。受話器を取った同僚に、

「続《つづき》さん」

と呼び止められる。「三木《みき》さんというかたからお電話です」

宴会場の予約者にも取引先にも、思い当たる三木さんがおらず、「どなただ？」と首をかしげつつ受話器を受け取った俺に、

「お子さまの声のようなんですけど」

と同僚も怪訝《けげん》そうにつけ加えた。俺は急いで保留ボタンを解除し、

「遥人《はると》くん!?」

と受話器に向かって呼びかける。

「あ、よかった。ツヅキさんですか」

遥人くんのホッとしたような声が聞こえてきた。

「どうして遥人くんが俺の職場を知ってるの？　遠田先生に聞いた？」

「いいえ。まえに名刺をくれたじゃないですか。代表って番号にかけたら、『おつなぎいたしますので、少々お待ちください』って言われて、なんかドキドキしました」

「そうか、そういえば渡したっけ。連絡をくれるなんて、いったいどうしたの」

俺のほうこそドキドキした。遠田になにかあったのではないかと思った。具体的には、引退式の件がバレてしょっぴかれたとか、元木《もとき》のいた組に実は逆恨《さかうら》みされていて襲撃を受けたとかだ。

しかし遥人くんは、

「ツヅキさんこそ、どうしたんですか」

と不満そうだった。「最近ちっとも教室に来ないですよね。若先《わかせん》と喧嘩でもしたんですか？」

「喧嘩はしていないけど……。あれ？　遠田書道教室って、まだやってるの？」

「昨日も行ったし、明日も行きます。なんでやってないと思ったんですか」

「いやその……」

どういうことだ。密接交際者のネズミ算式増大防止策を採っていないのか。

「ツヅキさんが来てくれないと困るんです」

戸惑い混乱する俺を置いて、遥人くんはさくさく話を進めた。「僕の友だちの佐々木《ささき》、お手伝いは増えたのに、六年生になってもまだお小遣いが四百円のままなんですよ。やっぱりダイヒツしてほしいって、こないだお願いしたあとも何度も若先に言ったのに、ちっとも聞いてくれないし、ツヅキさんも来なくなっちゃうし」

「ごめん、気になってはいたんだけど……」

神保町《じんぼうちょう》で遠田に尋ねたとき、「いや、べつに」なんて、さしたる進展はないと言いたげな口ぶりだったが、あれはやはりしらばくれていたということらしい。

「お手伝い、なにをしてるの？」

「いままでどおり玄関まえと風呂の掃除と、あと洗濯物を畳むのをやってるらしいです」

「なかなか大変だね」

家事で一番面倒なのは、洗濯物を干したり畳んだりすることだと俺も思っているので、佐々木くんに同情した。かわいい妹のためとはいえ、遊びにいきたいときに靴下やらなんやらをちまま畳まねばならないのは、小学生にとっては煩《わずら》わしく苦痛だろう。

「佐々木は今度こそ絶対に、お小遣いを値上げする手紙をダイヒツしてもらいたいって言ってます。なのに若先は、『チカがいねえから無理だ』って。明日また頼むつもりですけど、それまでに若先をやる気にさせといてください」

「それこそ無理だよ」

「どうしてですか」

遠田書道教室は通常営業している。遠田は俺にだけシャッターを下ろした。やはり俺は、遠田に踏みこみすぎたのだろう。ヤクザの引退式にかかわるのをなんとか思いとどまってほしくて、結果的に遠田の過去や痛みを無理やり引きずりだすような真似をしてしまった。「思いとどまってほしい」というのも、遠田を案じただけではなく、俺自身の保身が多分に含まれていたのは否めない。遠田はもちろん、俺のそんな気持ちを見抜いたはずだ。

いまさらながらに自分の情けなさが恥ずかしく、俺は再び「いやその……」と口ごもった。しかし遥人くんは、

「あ、二十分休みが終わるんで」

と、あっさり会話を切り上げにかかる。「佐々木はお小遣いが値上げされたら、若先とツヅキさんにうまい棒を二本ずつ買うって言ってます。この電話、先生に見つからないように校舎の裏からこっそり、佐々木のスマホを借りてかけてるんですよ。もう充分、お小遣いもらってる気がするんですけど」

そばに依頼者である佐々木くんがいたのだろう。賃上げ交渉に影響が出てはいけないと思ったのか、「三木くん、スマホのことは、しーっ、しーっ」「え、ナイショだった?」と笑いあう声がし、

「じゃ、ツヅキさん。お願いしますね」

と澄ました調子に戻った遥人くんが言って、電話は切れた。

ごめん、遥人くん。俺には荷が重すぎる。悄然《しょうぜん》と受話器を下ろした俺の背中に、同僚の視線が降り注いでいる。そりゃまあ子ども相手の電話で、もごもごしたり赤面したりしょんぼりしたりしていたら、不審に思われもするだろう。俺は落ち武者みたいに視線の矢を背中に刺さらせたまま、

「おつかれさまです」

と力なく事務室を出た。

曙橋《あけぼのばし》のアパートに帰ると、壁にかかった『送王永《おうえいをおくる》』の書がまっさきに目に入る。すでに部屋の風景に溶けこむほどなじんでいるので、ふだんはあまり気にとめない。でも今日は、遥人くんか

らの電話があった。俺は靴も脱がずにたたきに立ったまま、改めて遠田が書いた文字をまじまじと眺めた。

他日相思来水頭

会いたい思いが募ったときには、またこの川辺に来よう。

小さな濁流と化していた、あの晩の暗渠《あんきょ》の道がふいに思い浮かんだ。俺は身を翻して狭い玄関から飛びだし、鍵をかけるのもそこそこに駅へ向かって走った。

そうだ、ぐずぐず考えるのはやめだ。気になるなら、会いにいけばいい。勝手に下ろされたシャッターなど、ぶち破ればよかったのだ。

電車のなかでも足踏みし、京王線の下高井戸《しもたかいど》駅に降り立つやいなや、またダッシュした。おもちゃみたいな玉電《たまでん》の車両が、ごとごととのどかに俺を追い越していく。

五叉路《ごさろ》に立つと、暗渠の道から五月のさわやかな風が吹いてきた。芳《かぐわ》しい緑の葉っぱと、ちょっと埃《ほこり》っぽいお日さまのにおいがする。深呼吸してから、俺はブロック塀に挟まれた細い道を抜けた。

そのさきに、遠田書道教室は変わらぬ姿で建っていた。三角のとんがり屋根と格子《こうし》のはまった出窓。引き戸と板壁。和洋折衷だが調和の取れた、ひとの営みが感じられる家。門柱にはあいかわらず、「遠田書道教室」とカマボコ板の表札がかかっていた。康春《やすはる》氏から受け継いだ大切な教室を、遠田が閉めてしまわなくてよかった。俺はその瞬間だけはシャッターの恨みも忘れ、心底安堵した。

さて、勢いだけで来てしまったが、遠田になにをどう言えばいいかはわからない。思いは言葉として固まりきらず、曖昧模糊《あいまいもこ》としたまま俺のなかで流れ漂っている。まあ会えば挨拶ぐらいは出てくるだろうと、完全な見切り発車で玄関横のブザーを押した。

いつまで待っても応答はなかった。そうか、今日は月曜で教室は定休日だから、遠田は書道用品でも買いにいったのかもしれない。これまで留守のときなどなかったのに、意を決して訪ねてきたらこのありさまとは、俺の間の悪さもたいがいなものだ。

気勢を削がれ、とぼとぼと門の外へ出る。帰るほかないかと暗渠の道のほうへ体を向けかけた俺は、何者かの気配を感じ、周囲を見まわした。

遠田家の敷地の角にあたる十字路に、白黒のブチ猫がいた。でっぷりしたシルエットに激しく見覚えがある。

「カネコさん!?」

驚いて呼びかけると、カネコ氏らしき猫は「ふん」と顔をそらし、家屋の側面にあたる道へと姿を消した。カネコ氏が表を出歩いているところは見たことがない。窓でも開いていて、脱走したのだろうか。俺は急いであとを追いかけ、十字路を曲がった。

さざんかの生垣がつづく道の途中で、カネコ氏らしき猫は立ち止まり、こちらを振り返っていた。というか、カネコ氏で確定だ。鼻の下に横一直線の黒い模様がある。カネコ氏は俺が追いつくのを待っていたかのように、またのしのしと歩きだした。

「待って待ってカネコさん。家に帰らなきゃだめだ」

かがんで抱きあげようとする俺の腕をかいくぐり、カネコ氏は小走りになって、ふいと敷地の端っこにある駐車場に入った。慌てて追いすがったときには、駐車場の奥、生垣の破れ目に、カネコ氏の太い尻尾がするりと消えていくところだった。

どうしたものか。庭に入ったのだから、そのまま家のなかに戻ると思いたいが、相手はあのカネコ氏だ。「ワシゃあ自由を好む性分じゃけえのぅ」と、家屋を素通りして隣家にカチコミ、という可能性も考えられる。やはり捕まえて、遠田の帰りを待ったほうがいいか。

俺は「お邪魔します」とつぶやき、近所のひとに見られて空き巣と思われませんようにと祈りながら、生垣の破れ目に分け入った。遠田はしばらくこの通路を使っていないのか、のびた枝が頬や手の甲にこすれて痛い。けっこうな量の小枝がへし折れてしまったが、なんとか庭へ侵入を果たした。

さてカネコ氏は、と見渡すと、桜の木の根もと付近に座っている。よかった、カチコミを未然に防げた。カネコ氏のもとへ向かおうとした俺は、つぎの瞬間、ぎょっとして立ちすくんだ。カネコ氏のそば、桜の木陰に、大きな黒っぽい塊があった。だれか倒れている……？

「遠田さん！」

俺ははじかれたように駆けだし、桜に向かって突進した。やはり遠田だ。紺色《こんいろ》の作務衣《さむえ》を着て、木陰で仰向けに倒れていた。長袖Tシャツを着用した腕が、力なく地面に投げだされている。よもや生垣越しに狙撃されたんじゃあるまいなと、俺は泡を食って遠田のかたわらにすべりこみ、膝をついた。覆いかぶさるようにして両肩をつかみ揺さぶる。

「遠田さん、どうしたんですか！　しっかりしてください！」

揺さぶった直後、卒中とかであれば動かしてはまずいのではと思い至って手を放したら、遠田は後頭部をごちんと地面に打ちつけ、

「んあ？」

と目を開けた。「チカじゃねえか。来んなって言ったのに」

遠田は腹筋だけ使って軽やかに上体を起こし、のびをする。

「なんでこんなところで寝てるんですか、人騒がせな」

俺は力が抜けてしまい、庭草に手をついた。土のあたたかい湿り気が伝わってくる。

「気持ちいいから、この季節はよくここで昼寝してるぞ」

「毛虫が落ちてきますよ」

「チカこそ、なんでうちの庭にいるんだ？」

カネコ氏が、と言おうとしたが、当のカネコ氏はすでに、庭に面した掃きだし窓から六畳間に戻っていた。「脱走？　なんのことやら」という顔をして、窓辺で前脚を舐めている。

俺は地面から離した手を膝に置き、姿勢を正した。庭で正座するという、切腹する武士みたいなことになったが、しかたがない。

「遠田さんの筆耕士としての登録は解除しました」

「ああ」

「でも、私は今後もここに来ます」

「なんで。やめとけよ」

「なんでと言いたいのはこちらです。遠田さん、書道教室はつづけているそうですね。生徒さんたちが密接交際者の密接交際者になるのはかまわないんですか」

「そりゃ、教室閉めたらおまんまの食いあげだし、じじいにも顔向けできんだろ」

遠田は気まずそうに頬を掻いた。「生徒たちはいざとなったら、『知りませんでした』ですむんだから、いいんだよ」

遠田の倫理と判断の基準がいまいちよくわからなかったが、

「じゃあ、私だって『知りませんでした』ですみますよ」

と言った。

「いや、チカはなあ」

遠田は困っているようだ。「ホテルはコンプラ厳しいって、おまえも言ってたじゃねえか。もしバレて、三日月ホテルをクビになったらどうすんだ」

それで俺は確信を得た。やはり遠田は俺を心配し、あえて線引きするようなことを言ったうえで、「もう来るな」とシャッターを下ろしたのだ。まあ実際は引き戸を閉めたのだが、ともかく、臆病なのは遠田ではなく俺だった。遠田の真意が那辺《なへん》にあるのか薄々わかっていたにもかかわらず、つきあいをつづけたらまずいことになるのではという卑怯な保身と、遠田にとって俺は本当に迷惑で無理解な存在にしかすぎず、もう一度会いにいっても邪険に追い払われるだけなのではという怯えに雁字《がんじ》搦《がら》めになって、身動きが取れなくなってしまっていた。かような怠慢、ホテルマンとしてあるまじきことである。

俺は遠田の顔を正面から見た。

「遠田さん。私たちは友だち……」

と意気込んで言いかけたのだが、ちょっと考え、

「ではないですよね」

と尻すぼみになった。

「ないな」

遠田もうなずく。

「ですがまあ、『おまえが去った春の山で、俺はいったいだれと遊べばいいのか』なのはたしかです」

「そうか？　チカおまえ、友だち少ねえんだな」

遠田が哀れみのこもった眼差しを向けてきたので、「ほっといてください」と返した。どうせ遠田だってひとのことは言えないだろうに、失敬である。

「とにかくこのままじゃ私は、数少ない友人と行くダービーだって、心の底から楽しめないんです。だからこれまでどおり、気が向いたらこちらへお邪魔することにしました。教室の見学をしたり、遠田さんが書を書くのを眺めたり、たまには一緒にお酒を飲んだりしたいですから」

俺は遠田の書が好きになった。いや、遠田の書を通し、書という表現そのものに魅入られた。白と黒、直線と曲線のあわいが生みだす、不思議な宇宙。いつか人類が滅亡してしまっても、砂に埋もれた紙きれや石のかけらを発掘した地球外生命体は、そこにあらゆる動植物が、かつてあった風景が、人々の思いが、封印されていることを感受するだろう。たとえ記され刻まれた文字は解読できず、単なる模様にしか見えなかったとしても。時を超えてなお、墨の流れは鮮やかに黒く、瑞々《みずみず》しくゆらめき解き放たれて、地球外生命体のまえで再び万物について謳《うた》いはじめるだろう。

「だがなあ」

遠田がまだぐずぐず言っていたので、

「もし三日月ホテルをクビになったら、本格的に代筆屋に転職しますよ」

と笑ってやった。「遠田さんには代筆の相棒が必要でしょう。さすがのカネコさんにも、こればかりは荷が重いはずですからね」

「まじか。うまい棒はたしかにうまいが、主食にするのはどうかと思うぞ」

「たまには牛肉にもありつけるだろうし、いいじゃないですか」

俺は立ちあがり、ジーンズの膝についた土を払った。「ところで遠田さん。佐々木くんの依頼、何度も断ってるそうですね」

「ミッキー、どうやってチクりやがった」

遠田も立ちあがって、気まずそうに作務衣の裾を振るい、背中についた庭草を落とす。「まあほら、俺には親子のことはよくわからんし、チカがいないんじゃ文案がな」

「お任せください」

俺は一瞬、言葉を途切れさせた。急に胸にこみあげる思いがあって、声が震えそうになったからだ。いつか動物園へ行きましょうと言いたかった。カネコさんや遥人くんや教室の生徒さんたちを誘って、みんなで一緒に、晴れた日に動物園でパンダを眺めるんです。

けれど実際には、

「わからなかったり、できなかったりすることがあったら、お互いに補いあうのが相棒です」

と、わざともっともらしく宣言して茶化すのが精一杯だった。「私は三日月ホテルの労組に入っていますので、バチーッと賃上げを要求する文面を考案してみせましょう」

「そりゃ頼もしい」

遠田はようやく笑顔を見せた。「しょうがねえ。昼飯食ってから、ぼちぼちと取りかかってみるとするか」

「はい！」

俺は遠田のあとについて、掃きだし窓から六畳間に上がった。背後で庭の桜が葉を揺らす音がし、待ちかねていたカネコ氏が「ぶみゃぶみゃ」とおやつを要求し、室内に漂う鉱物と植物の中間みたいな墨の香りが、甘くなつかしい湿り気を帯びて鼻さきをかすめた。

本作品は新潮社と
AmazonオーディオブックAudibleのために
書下ろされました。

謝辞

本書執筆に際し、ここにはお名前を挙げていないかたも含め、多くのお力を拝借した。

ご協力いただいたみなさまに心より御礼申しあげる。

作中で事実と異なる部分があるのは、意図したものも意図せざるものも、作者の責任による。

書道監修　御國燦さん
鉄道監修　えなりさんご夫妻
小学生の語彙監修　清原自恵さん
猫の生態監修　石原久実子さん
猫の足跡協力　モチさん　ソラさん

主要参考文献

『玉電が走った街　今昔　世田谷の路面電車と街並み変遷一世紀』（林順信編著、ＪＴＢパブリッシング）
『角川書道字典』（伏見冲敬編、角川書店）
『書道辞典』（飯島春敬編、東京堂出版）
『わたしの唐詩選』（中野孝次、文春文庫）
『中国名詩鑑賞辞典』（山田勝美、角川ソフィア文庫）
『杜牧詩選』（松浦友久・植木久行編訳、岩波文庫）
『義理回状とヤクザの世界』（洋泉社ＭＯＯＫ）
『アウトロー論集・補巻　義理回状の研究』（猪野健治、現代書館）
『潜入ルポ　ヤクザの修羅場』（鈴木智彦、文春新書）

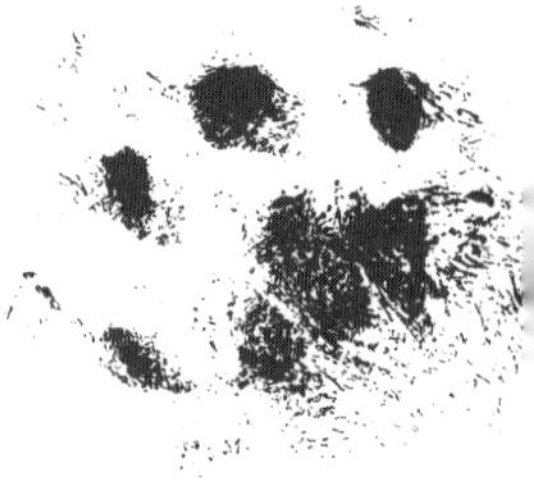

彫刻オブジェ制作　shikafuco
ブックデザイン　石井勇一（OTUA）

三浦しをん

一九七六年東京生まれ。
二〇〇〇年『格闘する者に○《まる》』でデビュー。
二〇〇六年『まほろ駅前多田便利軒』で直木賞、
二〇一二年『舟を編む』で本屋大賞、
二〇一五年『あの家に暮らす四人の女』で織田作之助賞、
二〇一八年『ののはな通信』で島清恋愛文学賞、
二〇一九年に河合隼雄物語賞、
二〇一九年『愛なき世界』で日本植物学会賞特別賞を受賞。
そのほかの小説に『風が強く吹いている』『光』
『神去なあなあ日常』『きみはポラリス』など、
エッセイ集に『乙女なげやり』『のっけから失礼します』
『好きになってしまいました。』など、多数の著書がある。

墨《すみ》のゆらめき

著者 三《み》浦《うら》しをん
発行 二〇二三年五月三十日

発行者 佐藤隆信
発行所 株式会社新潮社
〒一六二—八七一一 東京都新宿区矢来町七一
電話 編集部(〇三)三二六六—五四一一
読者係(〇三)三二六六—五一一一
https://www.shinchosha.co.jp
印刷所 大日本印刷株式会社
製本所 加藤製本株式会社

© Shion Miura 2023, Printed in Japan

ISBN978-4-10-454108-9 C0093
乱丁・落丁本は、ご面倒ですが小社読者係宛お送り下さい。
送料小社負担にてお取替えいたします。
価格はカバーに表示してあります。